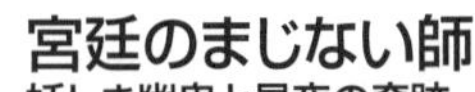

宮廷のまじない師

妖しき幽鬼と星夜の奇跡

顎木あくみ

ポプラ文庫ピュアフル

目次

宮廷のまじない師
妖しき幽鬼と星夜の奇跡
顎木あくみ
ポプラ文庫ピュアフル

序　幽鬼、漂いて

黒の帳が下りきって、辺りは一面暗いばかり。ひと足早くやってきた夏の、湿りけを帯びた昼間の暑気の名残が、夜の冷気と溶け合い漂う。

じわり、とまとわりつくような空気は、通行人の肌を冷たく撫でていく。

東の海から北の山岳、西の交易路。大陸の要所をおよそ千年にわたり一手に支配し、唯一無二の皇帝を戴く大国、陵。

その中心である首都・武陽から真っ直ぐ南下した先には、人々が俗に『南領』と呼ぶ土地――大河の流域を中心に大森林や穀倉地帯が広がる四王家の一つ、赤王一族の治める『離領』がある。

此処は離領の中でもさらに南方に位置する城市、栄安市。

日中は信心深い巡礼者など、外部からの客で賑わう大通りも、今は人っ子ひとりいない。

けれどただ一人、暗闇と湿気に覆われた深夜の寂しい街中を、身なりの良い若い男がふらふらと歩いていた。

「幽霊さん、どこだろな」

だらしのない足取りで、妙な歌を口ずさむ男は、右の小脇に一本の武具を抱えている。

黒く長い柄に、鋭く尖った金属製の先端はまるで矛のよう。ただし矛とは異なり、先端の手前のほうが枝分かれして、もう一本、金属製の刃が真横に突き出している。戟、と呼ばれるその武器は、男の家に伝わる宝具だ。

「幽霊どこだぁ」

男は歌をやめて独り言ち、左手に持った瓢箪を口元で傾ける。だが、すでに中身の酒がすべて己が胃袋におさまっていることを思い出し、落胆を隠せない。

「もうない……。ああ、面倒くさい。帰りたい」

元より、軽い、とは言い難かった男の歩調は、ぼやきと比例してさらに鈍化する。

離領を治める男の家に、どうも栄安市内に幽鬼——死んだ人の霊が出るらしい、との報告が上がったのは、つい今日の昼頃の話であった。

本来であれば、警邏を増やすくらいの対応をする程度で済む話だが、時機の悪いことに、栄安市ではもうすぐ国家行事が控えている。しかも今年に限っては首都・武陽から皇帝や妃たちまで親臨する、国の一大祭事だ。

できれば大事にはしたくない。離領の主を務める父親の意を汲み、男が様子を見に来た次第である。

男は高貴な身の上だ。本当はもっと護衛や手勢を連れて見回りに当たるべきであったが、腕に自信のあった男は「煩わしい」という理由ですべて無視して一人で飛び出してきた。

「何もなければそれでいいけど」

男もこの離領を治める赤家に連なる者であるからには、祭事の前に何事もないほうがよいと願っている。警戒し損になっても、無事であるならばそれでよかった。

けれども、男の期待を裏切るかのように、にわかに冷気が濃くなってゆく。

「寒いな……」

体感で、温度が数度は下がっただろうか。思わず、男は戟を胸の前に抱え、両の二の腕に手を回してさする。

原因は知らないが、男の経験上、幽鬼や妖の類が現れるときは決まって寒気がこみ上げ、鳥肌が立つ。

つまり、幽鬼の噂が事実である可能性が高くなってきたということだ。

周囲に注意しながら、男は慎重に歩を進める。すると、視界の隅、大通りに立ち並ぶ店と店の隙間に白い何かがちらついた気がした。

「ん？」

敏感に異常に反応した男は、やや目を細めつつ、そちらに爪先（つまさき）を向ける。

一瞬のことで、とうに白い何かの姿はなかったが、もしかしたら噂の幽鬼かもしれない。

幽鬼が人間から逃げ隠れするだろうか、と頭の片隅で疑問に思いながらも、男は路地を覗いた。

「あれは……！」

視線の先の濃い闇の中、白い小さな人影のごとき輪郭の定かでない靄（もや）が、ぼんやりと浮き上がって見えた。

ごくり、と男は喉を鳴らして生唾を呑み込む。

空に月は照っている。だが何か、白っぽい物体が月光を反射したとして、あのように浮かび上がって見えるか？　否。

そんな道理はない。常識が目の前の現象を否定する。

白い人影は、こちらを誘っているかのように動かず、その場に留まったまま。そちらがその気ならば、と男は背筋に滲む嫌な汗に知らないふりをして、忍び足で近づく。

構えた戟を持つ手に、自然と力がこもった。

白い人影はそんな彼を嘲笑うかのごとく、少し近づかれては逃げ、また少し近づかれては遠ざかる。

これを繰り返しているうち、気づけば、男は意地になって足を速めていた。

「待て！」

足早に歩いても、さらには走り出しても、影は遠ざかるばかりで少しも追いつけない。

狭く入り組んだ路地を通り抜け、大通りに出る。そしてまた、別の路地へ。

男は小さな影に見事に翻弄されていた。

「くそっ。赤家の男をあまり舐めるなよ……！」

このままでは埒（らち）が明かない。

街の地図を脳裏に浮かべた男は、悪態をつき、影の先回りをしようと思い立つ。

（これで、あの怪しげな影を――！）

別の通りを抜ければ、影の前に出られる。そうすればこちらの勝ちだ。真っ直ぐ追いかけることをあきらめ、身を翻（ひるがえ）す。

だが、意図せず間抜けな声が漏れた。

「え？」

気づけば、踏み出した足の下に地面はなく、男の身体は宙に投げ出されていた。

何が起こったか、まったくわからない。わからないまま、落ちていく。

「なんで、こんなところに段が……」

落ちながら、なぜか背後の路が石段になっていて、足を踏み外したのだと悟る。

とはいえ、状況を理解できても、あまりに急すぎた。身体能力にはある程度の自信があった男にも、上手く着地するのはもう不可能だ。

落下しているにもかかわらずひどく冷静な頭で、最後に男は見た。階上に立つ、やけに青白い顔をした、半透明の一人の青年の姿を――。

一　まじない師は、祭りに誘われる

陵国の首都、武陽。

大陸中の交通の要衝(ようしょう)の中継地であり、ありとあらゆる人と物が集まる、栄華を極めた城市である。

城市の北には、絶対にして比類なき皇帝の住まう絢爛豪華(けんらんごうか)な金慶宮(きんけいきゅう)が座し、城市全体に縦横無尽に張り巡らされた大小さまざまな石畳の路は、人々の賑わいに満ち満ちている。

木造に石造、絹織りに綿織り。

邦人と異人、古きと新しき——天地万物を内包した千年京。

この不易の都の、煌びやかな大通りから隠れるようにして、裏路地に一軒の小店が佇んでいる。

外観は古ぼけた潰れかけの小屋同然だが、客足が途絶えることなく、開店から数十年経つ現在でも変わらず営業し続けていた。

知る人ぞ知る、武陽一の腕利きまじない師、燕雲(えんうん)が営むまじない屋だ。

「今日も平和ねぇ」

客のいない店内、勘定台に頬杖をついて呟くのは、一人の娘。店の看板娘であり、燕雲の唯一の弟子である若きまじない師、李珠華（りしゅか）である。

若くして世にも珍しい交じりけのない白髪に、血のごとく真紅に輝く瞳。異様としか表現しようのない容姿をした彼女は、今日も今日とて、この外れの小店で店番を任されている。

「最近はすぐに片付く依頼ばかりだし」

頬杖をついたまま、感慨にふける。

魔除けが欲しいと言われれば札を作り、妖怪が出ると言われれば退治をし。悪しきを祓ってほしいと言われれば、加持祈禱をする。この場で済む仕事から、現地に赴いて数日かける仕事まで。

目に見えない〝気〟を操るまじない師の仕事内容は、多岐にわたる。

しかし何年も何年もこの店で師とそんな数々の依頼をこなす日々が、どんなに平和なものだったか。

珠華ははっきりとした実感とともに、この半月あまり平穏を嚙みしめている。

（正直、慌ただしすぎたもの）

つい半月前まで、珠華は受けた依頼を達成するため、平民の孤児という身分でありながら皇帝の偽の妃となり、一月ほど後宮（こうきゅう）に潜入していた。

　いくら仕事のためだったとはいえ、まったく身の丈に合わなかった生活は、今ではもしかしたら夢だったのではないかと疑うような、もはや現実味がない淡い記憶である。


「何事もないって、素敵だわ」

　華やかな後宮暮らしよりも、こうして寂れたまじない屋で地味に、地道に、働いているほうが自分には合っている。

　ただでさえ、珠華は奇異な容姿で苦労の絶えない身の上なのだから、さらに派手な活躍など庶民の人生には不要だ。


「なぁにが、素敵だい」

「老師（せんせい）」

　店主であり珠華の師匠である小柄な老女、燕雲が店の奥から顔を出す。呆れを隠しもせず、弟子の珠華を睨みつけた。


「店に客が来ないのが素敵なわけないだろ」

「それはそうですけど。でも、もう大口の依頼はしばらくこりごりっていうか」

　後宮暮らしは、思い出しただけでげんなりする。

　他でもない天下にただ一人の国の頂点、現皇帝の劉白焔（りゅうはくえん）からの大口の依頼。

一か月ほど後宮で贅沢もできたし、人生で一度は見ておきたかった後宮内の霊廟を見ることもできた。さらに、無事に依頼を達成した暁には、多額の報酬までもらった。

一方、おかげでさんざんな目にも遭った。

初っ端から命を狙われ、気の抜けない生活を強いられ、陰湿な虐めも受けたし、言いがかりで罠に嵌められ監禁されもした。果てには、大妖との戦いまで。

報酬が報酬で大きかったので、わりに合わない……とまではいかないが、さすがに懲りた。

「いいじゃないか。いい経験になったろ」

「……それもそうなんですけど！」

師にいちいち正論を突きつけられ、珠華は不機嫌に唇を尖らせる。

たった一か月の経験は、まじない師としての珠華を間違いなく飛躍的に成長させてくれた。でも、これでもかとこき使われたので、あの自己肯定感が振り切れた皇帝に感謝するのも癪である。

珠華はそっと、懐から小さな巾着を取り出す。

かつては魔除けの薬包を入れていたその口を解き、ひっくり返すと中身が掌上に転がり出た。

「はあ……これも私がいつまでも持っていていいものとも思えないし」

珠華が憂鬱に見つめるのは、大きな水晶の塊から切り出されて、丁寧に磨き抜かれた指環だ。

最初は白焔によって、鑑定してほしいとこの店に持ち込まれた。それを――。

「珠華、燕雲婆ちゃん。こんにちは！」

急に店の戸口が大きな音を立てて開く。……噂をすれば、だ。

「子軌。あんたねぇ」

ずかずかと、慣れた様子で店内に踏み込んできた若い男の姿を認めて、珠華は眉を顰める。

垂れ気味の目が特徴的な、いかにも女性受けのよい甘く整った顔立ち。彼こそ、あのとき白焔の持ち込んだ指環を持ち去って、その後、なぜか覚醒状態になった指環を珠華の元へ届けた張本人――張子軌だ。

そして、珠華の幼馴染でもある。

「また家の手伝いをほっぽり出して」

「まあまあ。これでも、朝から少しは働いてきたんだよ」

「どのくらい？」

「うーん、四半刻くらいだったかな……痛いっ」

悪びれず近寄ってくる駄目男に、珠華は容赦なく拳骨を食らわせた。

　この男は実家の乾物屋をちっとも手伝わず、いつまでも遊んでばかりいる。しかも、こうして他人の店に冷やかしに来るものだから、たちが悪い。

「大事な命の恩人になんて仕打ち……！」

　子軌はあざとくも、上目遣いに潤んだ瞳を向けてくる。

　あのとき、後宮内で孤立無援となり、監禁されてしまった珠華に指環を届けてくれたのは、確かに助かった。だが。

「そんな目をしても無駄。それとこれとは、話が別よ。あと、私はまだあんたの説明に納得していないんだからね」

　七宝将の指環。大昔、陵の建国の際に初代皇帝に付き従ったと言われている七人の将が持っていたという、特別なものだ。

　持ち込まれた当初、七宝将の指環と言われたその水晶の指環は、ごくごく平凡で、特別な力などない高価な一品にすぎなかった。

　それが、子軌の手に渡ったのちになぜか覚醒しており、伝承の謳い文句に恥じぬ神気を帯びていたのだ。疑念を抱きもする。

　もちろん一件落着したのち、問い詰めたのだが。

『え、伝説の指環？　本物？　知らないけど、持って帰ったら急にぱっと光ったんだよね。それで、もしかしてと思って珠華に預けたんだけど』

俺、よくわかんない、と阿呆丸出しの惚けた弁明で納得するわけがなかろう。

珠華はへらへらと表情を崩しきった幼馴染を睨んだ。

その後はどんなに追及しようとしても、のらりくらりと躱されて、まったく話にならない。

「厳しいなあ。細かいことはいいじゃん」

「良くないわよ……」

珠華は摘まんだ指環を宙に掲げて光にかざし、目を眇める。

まばゆいばかりだった神気の輝きはすっかり失せてしまい、これでは最初に見たとき同様、ただの高価な指環だ。

「あーあ、もったいない」

あのままの神気であったなら、使い道はいくらでもあった。

研究対象にもなったし、実用性など計り知れないほど高かろう。間違いなく、歴史書の一頁に記載される大発見だった。

だが現状では、インチキと笑われるのは珠華である。

何度眺めても、落胆を隠せない。

「本当に、もったいない……」

珠華がため息交じりに愚痴を漏らしたと同時、やや建付けの悪い店の戸口が、再び勢いよく音を立てて開いた。

今度こそ冷やかしでなく、客がやってきたかと笑顔で「いらっしゃいませー」と挨拶した珠華だった――が。

店の敷居を跨いだ人物の姿を見て、笑顔のまま凍（い）てついた。

「珠華、そなたに依頼がある」

実に馴れ馴れしい、低い声が響く。長身を外套（がいとう）ですっぽりと覆い、顔まで布で隠されたその隙間からさらりとこぼれた黒髪は、絹糸のごとく滑らかだ。

聞き覚えも見覚えもありすぎる。

そして、客は顔を覆う布を取り払った。

「新しい契約を持ってきた」

布の下から現れた美しいしたり顔を見て、これから起きることを察した珠華は、笑みを引きつらせながら答える。

「お話、聞きましょう」

その様子を微笑みとともに見つめる燕雲と、感情の抜け落ちた表情で眺める子軌には気づかずに。

「日替わり粥（かゆ）と包子（パオズ）ひとつ、あと茉莉花茶（ジャスミン）もください」

「はいはい。そっちの人は？」

「俺はいい」

店員の若い女性はにこやかに「少々お待ちくださいねぇ」と言って踵（きびす）を返した。

珠華は店を訪ねてきた若い男と現在、大通りに面した飯店に来ている。さすがに人出の多い大通り沿いの店だけあり、店内は空席がないほど盛況だ。

運よく隅の卓を確保できた二人は、向かいあって座っていた。

「何か食べないんですか」

「さすがに金慶宮の外で何か食べると周りがうるさくてな」

「初めて会ったとき、私の出した薬草茶は躊躇（ためら）わずに飲んでいましたよね？」

珠華は、目立つ髪色を隠すために頭から被った布帛（ふはく）の下から、胡乱（うろん）な目を正面の男へ突き刺す。

男――陵国皇帝、劉白焔に会ったのは半月ぶりであるが、その美しさはまったく変わっていない。

背半ばまである黒髪は流れる光の川のごとく艶々しく、鮮やかな翠（みどり）の瞳はまるで丁寧に磨いて嵌め込まれた翠玉のよう。切れ長の目元に、高い鼻梁……すべて完璧に整った白皙（はくせき）の美貌は、誰もが一度は見惚れてしまうほどである。

今は、身元の発覚を防ぐため、布で覆い隠しているが。

（ま、そうよね。絵姿はそこらじゅうに流布しているもの。顔を出して歩いたら、すぐにばれるわ）

しかし目的は違うとはいえ、同じように顔を隠した珠華と白焔の二人組は、端から見ればずいぶん不審に映るに違いない。

なぜ、このような怪しげな格好をしてまで外で話しているかといえば、皇帝陛下の気まぐれのせいだった。

せっかくだから民の様子を見たい、食事についてこい、などと言う高貴な人間の酔興に、珠華は依頼ついでに付き合わされているわけだ。いい迷惑である。

相変わらずの傍若無人ぶり、ともいえる。

珠華の内心をよそに、白焔は周囲からの視線などものともせず、肩をすくめた。

「よいではないか。そなたは大丈夫な人間だろうと、最初から思っていた」

「またそんな、根拠のない……」

頭を抱えた珠華に白焔が笑うと、ちょうど頼んだ料理が卓に並べられた。

「はい、おまちどお！」

出来たての料理はふわりと湯気を立ち上らせ、食欲をそそる匂いが鼻腔をくすぐる。

ほくほくの豆と黄色い玉子が白い粥を彩った、日替わり粥。包子は掌よりも大きく、くれる。

熱々の皮を割ると、干し椎茸(しいたけ)や筍入りの肉汁たっぷりの具が溢れ出す。

茉莉花茶は急須の中で美しく花開き、爽やかな香りとともに見た目にも楽しませてくれる。

「美味しそう」

「俺の奢りだ。存分に食せ」

どうだ、うれしいだろうと言わんばかりの表情に、珠華は冷たく首を横に振る。

「いえ、奢ってくださらなくて結構です」

「なぜだ！」

そんなもの、当たり前ではないか。珠華は急須の蓋を閉じてから、大きく息を吐いて答える。

「なぜって、借りを作りたくないからです。食事を奢ったのだから依頼を受けろ、なんておっしゃられても困りますし」

珠華の回答がお気に召さなかったのか、白焰は明らかにむくれた。

「俺がそんな狭量な男に見えるか。この俺が」

「いいえ。ただ、私の気持ちの問題ですので、お気になさらず」

白焰が狭量だとは思わない。

本来なら気味悪がられても不思議ではない珠華の容姿をまったく意に介さず、あまつさえ平気で依頼をし、後宮に入れてまで重用したのだ。

とはいえ、それとこれとは別の話である。

幸い、懐にはまだ前の、白焔からの依頼達成に対する報酬がたっぷり残っている。

この店の価格設定はさすがにこの高品質と立地だけあり、庶民向けにしては高いが、問題なく支払えるであろう。

珠華の言葉は本心であったが、白焔はまだ不服そうだ。

気にしていても仕方ないので、珠華は冷めないうちに眼前のいかにも美味そうな料理に手をつけた。

「うわあ、本当に美味しい！」

粥を匙で掬って一口頬張れば、口内に出汁の風味と優しい塩味が広がり、ほろほろ崩れた豆と、なめらかな玉子と米が絡まり合う。

これならいくらでも食べられそうに思えてくる。

夢中で匙を口へ運んでいると、ようやく機嫌を直したらしい白焔が「食べながら聞いてくれ」と切り出した。

「珠華、俺と一緒に祭りに行ってほしい」

ぴたり、と粥を掬う手を止める。

（お祭り？）

真面目な依頼かと思ったら、祭りに誘われるとは。はて、依頼とは逢瀬の約束か何かだったたか。

「なんの冗談ですか」

「いや、冗談ではないが。……待て、そなた何か勘違いしていないか」

年頃の娘が年頃の青年に食事に連れ出され、さらに祭りへ行こうと誘われる……どこをどう見ても、女が男に口説かれている構図である。勘違いのしようがない。

むしろ、他にどう解釈しろと。

目を細め、珠華が呆れかえった様子を見せれば、白焔はなぜか訳知り顔になった。

「なるほど。俺が美丈夫ゆえ、期待するのもわかる。わかるぞ」

「……新しい呪詛を思いついたのですが、今、此処で試してもいいでしょうか」

殊更に声を低くして脅すと、白焔はひとしきり笑ってから真顔になり、

「冗談だ」

と言った。

まあ、珠華とて一か月ほどの短い期間、しかも仮ではあるが、この横暴男の妻を務めた身である。口説かれているなどと、本気で勘違いしていたわけではないが。

あまりにも発言が迂闊すぎやしないか。

「わかっています。でも、私以外をそんなふうに誘ったら、勘違いされても文句は言

えませんよ」

「ははは。それこそ冗談がきついぞ、珠華。そなた以外にこんな言動はしない」

「……はあ。喜ぶべきか憤慨すべきか、悩みますけど」

勘違いしないと信頼されていると思えば喜ばしいが、女性扱いされていないとすれば怒るべきところだ。

微妙な空気が流れたところで気を取り直して、白焔が本題に入った。

「それで、祭りの件だが。『星の大祭』は知っているか？」

「ええ、もちろんです」

星の大祭とは、年に一度、南の離領で行われる祭祀（さいし）の一つ。

初代皇帝による悪鬼討伐の旅の仲間の巫女であり、陵国発展のために尽くした結果、若くして亡くなったことをひどく惜しまれ、女神として崇められる星姫（せいき）。

離領には、彼女が人間として生まれたときの故郷と言い伝えられる村——現在は立派な城市だが——と、彼女の墓所がある。

星の大祭は、そこで星姫を祀る儀式であった。

儀式自体は一夜限りだが、前日までの数日間にわたり、街を挙げてのお祭り騒ぎとなる。これを目当てに毎年、祭りの時期に離領を訪れる者もいるくらいに有名だ。

まして、まじない師の珠華が、それほど重要な祭祀を知らないはずはない。

「少し問題が発生してな。そなたに星の大祭に同行してほしいと考えている」

珠華は首を傾げる。

問題、とやらの詳細は気になるが、それよりも引っかかる箇所が一つあった。

「星の大祭に白焔様が参加されるんですか？　いくら国家行事とはいえ、例年なら皇帝陛下まで参列されるものではなかった気がします」

国家行事だからと、いつでも皇帝が御自ら参加するわけではない。

特に、星の大祭のような地方で行われる行事には、皇族の誰か、あるいは妃の誰かが皇帝の名代として赴くのが通例だ。

「そなたの疑問はもっともだな。依頼する以上は、隠してはおけぬので此処だけの話として明かすが」

手招きされ、珠華は身を乗り出す。

白焔は自らも珠華のほうへ少し身を乗り出し、その耳元で囁いた。

「実は、此度の星の大祭を一つの区切りとし……後宮を解体しようと考えている」

「後宮を？」

驚いて訊き返した珠華に、白焔はゆっくりと首肯する。

「俺はああいう制度は好かぬ。当然、一朝一夕でどうにかなるような容易なことではないが、一度は廃止されていたものだ。そなたを巻き込んだ例の騒動もあったことだし、今なら反対者も説き伏せられるのでな」

「なるほど」

白焔が後宮を好まないというのは初耳だけれども。

確かに、後宮を廃したいのであれば今は好機かもしれない。半月前は、皇帝の配下である呂家、北方の朔領の貴族である何家を中心に大きな騒動となった。

それを根拠に「無用な争いや混乱を招くから」と、後宮制度を廃したいと白焔が言えば、貴族たちも激しく反対はできないだろう。

しかし、それと星の大祭と何の関係があるのか。

口には出さなかったが、白焔は当然のごとく続ける。

「後宮を廃するのは一大事だ。広く周知する必要があるゆえ、発表も派手にしなければならぬ」

「つまり、星の大祭という大勢が注目する行事の場で、大々的に知らしめると」

「そういうことだな。後宮を最初に作った星姫の祭りで後宮の廃止を宣言するのも、妙な縁ではあるが」

盛大に後宮廃止を知らしめるのであれば、それも演出としては効果的であろう。

珠華と白焔は揃って姿勢を元に戻し、椅子に座り直す。

「というわけでな。今回の星の大祭では、俺と後宮に残っている妃たち全員が参列することになっている。……のは、よいのだが」

白焔は両肘を卓につき、指を組む。

「問題が発生したと言っただろう？」

「はい」

「どうやら星の大祭を行う離領の栄安市では、最近、幽鬼が出るらしいのだ」

「幽鬼……ですか」

珠華は目を瞬(またた)かせた。

幽鬼といえば、人々にとって最も身近ともいえる怪異——現世を漂う死んだ人間の霊魂を指す。まじない師にも馴染み深い。

ただ、それだけに見間違いや勘違いであることも多い怪異だ。

「単なる噂ではないんですか」

「……と、俺も思うのだが。噂を確かめにいった者が、負傷してな。はっきりと、何か得体の知れないものを見たと」

珠華は眉間にしわを寄せ、思わず唸ってしまう。

実際に見てみなければわからないけれども、負傷したとしてもそれは偶然で、幽鬼も見間違いである可能性のほうが高い。

幽鬼が出たので退治してほしい、との依頼は珠華も、いくつも受けたことがある。

だがその中で本物の幽鬼だった案件は、半分にも満たない。

とはいえ、白焔にとっても陵国にとっても重大な意味を持つ星の大祭が行われる、栄安市での噂。噂は噂だと、無視できないのもわかる。

「事情はわかりました。私が白焔様に同行し幽鬼について調べ、必要があれば解決せよ、という依頼ですね？」

「ああ」

「でも、どうして宮廷神官や巫女に命じないんですか？」

珠華は訊ねてから、包子を手にとり、一口齧る。

わずかに甘みのある皮と、肉汁たっぷりの餡がなんとも美味である。絶品だ、と胸の内で料理人を賞賛し、ゆっくりと味わいながら咀嚼、嚥下してから続ける。

「後宮での事件のときもそうでしたが、白焔様は神官や巫女に頼らなすぎではありませんか」

珠華や燕雲のようなまじない師は、民間の術者にすぎない。皇帝の命令ならば、もっと身元も腕も確かな宮廷神官、宮廷巫女を動かせるはずだ。

彼らは朝廷の一部署――祠部に属する術者なのだから。

珠華の疑問に、白焔はため息を吐いて肩をすくめた。

「その通りなのだがな。祠部は祭祀を司る部署でもあるゆえ、星の大祭の準備やその他諸々にかかりきり、だそうだ」

「はあ。失礼ですけど……白焔様って、神官や巫女と仲がよろしくなさそうですね」

年に一度の大きな行事だ。主体となる祠部が忙しく、真偽不明の不測の事態にそうそう神官や巫女を動かせないのも、わからなくはない。

ただ、どうも白焔に対し、祠部がすげなく断っているように感じられた。

「俺は嫌われていたのか……名君になること間違いなしの、この俺が」

おかしいだろう、と白焔は唇を尖らせる。どれだけ自信に満ちているのだ、皇帝陛下は。

「でも、どうしようかな。私、白焔様に協力する筋合い、なくないですか」

ちょうど平穏な生活を噛みしめていたところである。それを、再び白焔にかかわって失うことはないのではないか。

加えて今回は、離領まで赴かなくてはならない。移動時間や依頼達成にかかる時間など考えれば、また長く師一人を店に残すことになる。

（……そこまでして、この依頼を受ける意味があるかしら）

後宮での案件では、心底懲りた。しばらくは大口の依頼を受けたくないとまで思うくらいに。それを翻すなら、相応の理由が必要だ。

「依頼を受けてくれるのではないのか!?」

「事情はわかりました、と言っただけですよ」

「報酬ははずむぞ」

どうだ、素晴らしいだろうと言わんばかりの白焔を、珠華は奥歯を噛んで睨む。

いくら報酬が高額でも、それで痛い目をみた前回を思えば躊躇（ちゅうちょ）もする。

（ただ、この機会をふいにするのも惜しいのは確かなのよね）

悩みどころはそこである。

何しろ、行き先は星姫の生まれ故郷であり、墓所もある栄安市。かの女神の信奉者たちが常に巡礼に訪れる、国一番の聖地だ。

伝承に通ずるまじない師にとっても、非常に魅力的で、興味の絶えない場所の一つだ。

その地へ、自腹を切らずに行けるというのは、かなり魅力的であった。

（正直、すっごく行ってみたい……！）

素直に白焔の言う通りにするのは癪である。ゆえに、すまし顔で耐えているが、内心ではすでにまじない師としての欲望が膨れ上がり、心の秤が「是」に傾きそうなのを必死に押しとどめている状況だ。

「無論、観光をする時間も十分にとってよい。祭りまでに依頼を達成できれば、祭りを満喫しても構わんぞ」

必死に難しい表情を作り、腕を組む珠華を、白焔が可笑しそうに見つめて言う。

「……報酬以外の待遇は？」

絞り出した問いに、白焔がよくぞ聞いてくれた、と翠の瞳を輝かせ、

「それはだな――」

と、得意げに語りだした矢先。

激しく卓を叩く音と、次いで、食器の割れる高い音が辺りに響いた。

「その指環は俺のもんだ！　寄越せ！」

男の低い怒鳴り声に、あれほど賑やかだった店内が、一瞬にして静まり返る。

「なんだ？」

楽しみを邪魔されたと言わんばかりに、不機嫌そうに白焔が顔をしかめる。

どうやら、騒ぎの中心は店の中央近くの卓のようだ。

問題の卓には、男が二人いた。一人はいかにも羽振りのよさそうな商人風の恰幅のよい中年男で、もう一人はやや薄汚れた麻の衣を身に着け、無精髭を生やした三十くらいの男だった。

一見して、外見のつり合いがとれておらず、本当に連れ合いかと首を傾げてしまう。

また、商人風の男は素面のようだが、無精髭の男は明らかに酒に酔った赤ら顔である。

「い、いきなり来て、なんだ君は！　これはワシの指環だ！」

「違う！　違う、違う！　それは俺のだ！　俺がわざわざとってきた指環だぞ！」

無精髭の男が癇癪を起こし、地団駄を踏む。

口ぶりからして、やはり二人は知り合いというわけではないらしい。

「妙な言いがかりをつけるな。これはワシが買った指環だ！　貴様、盗人か!?」

商人風の男は、おそらくその指環をつけているのだろう、己の片手をもう片方の手で庇いながら、憤慨する。

しかし、盗人、という言葉が悪かった。

無精髭の男はもともと赤かった顔を、怒りでさらに朱に染める。

「誰が盗人だ！　この、くそじじいが！」

酔っているせいか、どうも正気ではなさそうな無精髭の男の、今にも手を出しそうな剣幕に、客や店員も止めるに止められない。女性の中には怯えている者もいた。

(こんなところで暴力なんて、勘弁してほしいわね)

自ら騒ぎに飛び込むなど愚の骨頂だが、仕方ない。

ため息とともに、珠華は横目で白焰のほうを見る。すると、白焰も黙ってうなずいた。

「琅、お願い」

珠華が懐から出したのは、木札。それを卓の下にそっと落とし、呪文を唱えると白黒の毛並みの猫が現れた。

猫――珠華の使役する式神であるロウは、主である珠華の意を汲み、卓の下から抜け出るとともに人型へと変化した。

「おじさんたち、やめなよ」

ロウはあっという間に争う男たちの間に割って入り、無精髭の男が振り上げた拳を摑んで押さえる。

だが、ロウの人型は小柄な少年である。

案の定、無精髭の男はロウに窘められて引くどころか、逆にますます怒りに表情を歪めた。

「あんだと、この餓鬼！」

ロウを振り払うつもりだったのか、摑まれた手を大きく動かそうとする無精髭の男。ところが、ロウの身体はふらつきさえしない。

「おじさん、暴れるなって」

「この、なんだ⁉　餓鬼、てめえ何した！」

無精髭の男が腕を必死に動かすが、何度やってもびくともしない。

当たり前である。ロウは人間ではなく、式神だ。腕力、握力ともに見た目通りの一般的な少年とは段違いどころか、成人男性よりもはるかに優れているのだから。

その隙に、念のため深く顔を隠し直した白焔が、商人風の男に近づいた。

「大事ないか？」

「あ、ああ。助かった、礼を言う」

腰が抜けたように、放心状態で椅子に座っていた商人風の男は、こくこくとうなずいた。

ひとまず、店内には安堵の空気が漂い始める。

無精髭の男はまだ暴れようともがいているが、ロウに力で敵うはずもなく、すでに無力化されている。

「ご主人様ー、このおじさんどうするの？」

「事情を聞いてから、衛兵に引き渡しましょう。そのまま捕まえておいて」

「りょーかい」

ロウは珠華の指示を受け、素早く無精髭の男を組み伏せ、両腕を押さえ込んだ。無精髭の男は「いてててて！　このくそ餓鬼！」と呻いている。

暴力沙汰は未遂だが、この調子ではまた暴れかねない。衛兵に任せたほうがいいだろう。

珠華はその様子を見届けてから、商人風の男と向き合う白焔の隣に立った。

「何があったか話せるか」

白焔が訊ねると、商人風の男は顔を隠した白焔をやや疑わしげに見るも、落ち着いた様子で口を開く。

「何が……と言われましても、ワシにもよくわかりませんで。食事をしていたら、急に通りがかったその荒くれ者に目をつけられました」

「急に？　何かきっかけになるような出来事もなく？」

「ええ。突然、向かいに座ってきて『その指環をどこで手に入れた？』と訊かれましてな」

商人風の男性は、知人の工芸品店で買った、と事実を答えたそうだが、無精髭の男がその指環を自分のものだと主張し始めたという。

無精髭の男とは知り合いでもなんでもなく、心当たりはまったくないらしい。

「その指環を見てもよいか」

「ええ」

うなずいた商人風の男が、件の指環をした手を卓に置いた。

それを目にした珠華と白焔は息を呑む。

「似てる……」

商人風の男の指に嵌まっている指環は、珠華が持っている、あの水晶の指環に瓜二つだったのだ。

ひと通り事情を聞き取り、やはりあとは衛兵に任せるべき、と判断した珠華と白焔は、今は飯店を出て燕雲のまじない屋に戻ってきていた。

やれ目撃者としての証言だの、手続きだの、身分を明らかにせよだのと。なんだかんだと時間がかかり、もう幾ばくもしないうちに日暮れの時刻である。

「……ひどい目に遭ったわ」

「すまんな。俺が本当の身分を明かせられれば、もっと早く済んだはずなのだが」

いつかと同じように、店の奥の作業場に向かい合って座り、珠華が作業台へ突っ伏すと、然(さ)しもの白焔も申し訳なさそうにする。

「本当ですよ。仕方ないですけど」

身分証明といっても、皇帝陛下が馬鹿正直に身分を明かせば大騒ぎになる。

よって、どうやら白焔は母方の貴族の縁者を名乗ったようだが、今度は貴族の子息が街中を護衛もつけずにうろつくとはどういう了見か、と追及されて時間を食った。

実際には、陰から白焔を守っている護衛はいる。ただ禁軍の兵なので、彼らを表に出せば結局、皇帝に近しい者だと白状するのと同じだ。

「でも、驚きました」

「ああ。だがこれで、そなたも此度の依頼を無視できなくなったな」

「ふ、不本意です！」

珠華はがばり、と上体を起こし、不貞腐れる。

けれど、白焰の言うことは確かにその通りだ。

(不思議な縁もあるものよね)

偶然にしてはできすぎのような気もするが、何の因果か。

あのあと事情を深く聞いていけば、無精髭の男が言っていた『俺の指環』とやらは、どうやら珠華の持っている水晶の指環らしいと判明した。

つまり、男が捜していたのは珠華の持つ指環で、商人風の男はそっくりの指環をしていたために勘違いされて絡まれた、というわけである。

数か月前、金に困っていたあの無精髭の男は何者かに頼まれ、金銭と引き換えにとある墓所に盗みに入った。

そこで盗ってきたのが、珠華が持つ水晶の指環だったようなのだ。

「まさか、盗品だったなんて」

「同時に献上品でもあるがな」

盗品が献上品とは、これいかに。

ともあれ、献上品でもあるからには白焰のものであり、その白焰がよしとするのだから珠華がこのまま持っていても何も問題はないのだが。

男が盗みに入った墓所というのが、またとんだ偶然で。

『南領の栄安市って街のでかい墓だよ！　あ？　誰の墓かって？　知るか、そんなもん』

男はこのように証言した。

離領の栄安市にある墓所といえば、ちょうどその話をしていたところだ。珠華も白焔も星姫の墓所を連想するしかない。

こうなるともはや、かの地に呼ばれているとしか思えなかった。

（いったい、どういう偶然よ）

にわかには信じられない、できすぎた巡り合わせだ。

けれども、まじない師をしている珠華には思い当たらないこともない。天の配剤としか思えない偶然の重なりは、確かにときどき存在する。

事実はときに、虚構よりも奇妙なのである。

「この導き――というか、明らかな誘導に乗るかどうかよね」

天の意向に、人の理に基づいた善悪は通用しない。

よい結果への導きならいいが、もし破滅への第一歩だったら目もあてられない。

「迷うことはないではないか。何なら、指環の調査も依頼に加えてもよい。その分の報酬ももちろん追加する。ゆえに、そなたは俺に協力する、ということで、決まりでよかろう？」

顔を隠していた布を取り払い、素をさらけ出した白焔は、愉快そうに珠華を唆す。

現状、彼の言う通り、断る理由を探すほうが難しくなってしまった。だが、このまま運命という天の示した道を行くと、何か取り返しのつかない未来にたどり着きそうな予感がする。

（私の考えすぎかしら……）

疑り深くなるあまり、不安になっているだけだろうか。

しかし、安易に飛び込んで白焔を危険にさらしたら大事になる。珠華自身がどうなろうと、珠華の問題であり責任だが、皇帝である彼は巻き込めない。

（何より、私は白焔様に何かあったら嫌だと思っている）

迷う珠華の真っ白な手を、白焔はそっととった。

「白焔様？」

「案ずるな。俺は信じている。すべては必ず、俺を数多の成功へと導く天命であると」

「…………」

また大きく出たぞ、と思わず半眼になる。

珠華の様子など気にせず、一呼吸おいた白焔は、何かを胸に丁寧に刻むがごとくゆっくり瞬きする。そして、確かな口調で言い切った。

「そなたは俺のまじない師であろう」

真剣で、鮮烈な光を宿した眼差し。鋭く胸を貫かれる心地がした。

——俺のまじない師。

なんて勝手で、横暴な言い草。けれど普段と同じような、それを指摘する言葉は喉奥に痞えたまま、いつまで経っても出てこない。

「俺のまじない師なのだから、不幸になど決してならん。なぜなら、主人の俺が死ぬまで幸運で、幸福で、成功し続けるからだ。だから、そなたも信じよ」

「そんな、無茶苦茶な……」

かろうじて返しても、己の声はあまりに弱々しい。

知っている。白焔はそうやって、何があっても真っ直ぐに、光の当たる道を突き進む、突き進めてしまう人だ。

だから、いつだってその光に誘われてしまう。どうせ最後には抗えず、珠華のほうが降伏することになると決まっている。

その強引さを、信じてみたくさせられるのだ。

(でも、この方のこういうところが)

珠華は気に入っているから、そうなってしまうのだろう。

自然と、大きなため息が口をついて出た。

「観念せよ、珠華。そなたの命運はすでに俺と繋がっている。そして、俺はそれを途切れさせる気はない」

「……本当に、口説かれている気がしてきました」

冗談めかして答えた珠華はふと目線を上げて、瞠目した。

「白焰様？　どうしたんです？」

美貌の皇帝はなぜか唖然としたような面持ちで、その顔色はひどく青い。

珠華の物言いがそんなにも気に障ったのだろうか。否、この程度の問答で気分を害するなんて今さらだ。

しかも、こんなにも血色を失くすなど尋常ではない。

「白焰様、どこか具合が？」

「いや……」

眉尻を下げ、口元に手をやった白焰は首を横に振る。だが、次に彼が口元の手をとったときには、もう自信ありげないつもの彼に戻っていた。

「なんでもない。――では珠華、依頼は受諾するということでよいな」

「はい。お受けします」

「期待しているぞ。ではな、今日はこれで」

どこかまだ青い顔をして、慌てる気配すら感じさせる白焰。

（本当に、大丈夫なのかしら）

珠華は戸惑いもあらわに、店をあとにするその背が見えなくなるまで目を離せずにいた。

＊　＊　＊

足早にまじない屋を出た白焰の脳内を占めるのは、ただ、

「……何だったんだ、あれは」

という狼狽と、混乱と衝撃が混ざり合った、船酔いのごとく吐きそうなほど気色の悪い得も言われぬ感情だった。

武陽の街の路地は、傾きかけの太陽に照らされ目に明るい。

夏も近く、汗の滲むほどに熱された空気が外套の中にこもり、今はさらに白焰の気分を悪くさせた。

歩みを止め、道端の塀にわずかに寄りかかる。

唐突だった。

珠華に向かい、いつものように冗談めかして「命運は繫がっている」などと口にした途端、身に覚えのない、おぞましい記憶と感情がどっと白焰の中に流れ込んできたのだ。

自分の記憶ではないのに、記憶の中で明らかに白焰はその何者かになりきっていた。

蠟燭一本きりが灯る、暗い部屋。

鼻腔は黴臭さと漂う細かな塵埃を捉え、むせ返りそうになる。

白焰であり、白焰でない誰かは、薄闇に一際目を引く真っ白な女の首を、渾身の力で絞め上げていた。

『そなたは……どうして。命運をともにすると誓ったのに』

口が勝手に悲哀の感情を紡ぐ。

淡い光と臭い、生きた人間の首を絞める手の嫌な感覚が、鮮明に伝わってくる。そのくせ、白焰の意思で記憶の中に働きかけることはできず、見知らぬ女を見殺しにするしかない。

みしり、みしり。

何者かの無骨な指が白い首にみるみる沈み込み、女の柔らかな皮膚の繊維や微細な血管を傷つけ、骨を砕く。

女は抵抗することなく、やがて、事切れた。

刹那、何者かの意識は深い、深い絶望に呑み込まれ、すべての感覚が閉ざされたように何もわからなくなってしまう。

まるで、白昼夢だった。

あれはいったい誰の記憶で、なぜ白焔がそれを見たのか——殺した女は誰だったのか。

あまりに断片的な、意味不明であるのに、何者かの強い感情ばかりが白焔の頭の中で存在を主張する。白焔は殺していないのに、女を殺したような気がする。

眼前の珠華の純白の首筋が、自らの絞め上げた女の首筋と重なった。

（違う、俺は珠華を殺していない）

白焔は汗ばんだ額を押さえ、首を振る。

夢とうつつが混ざりそうだ。白焔が珠華を殺すなどありえない。

こんなことは、今までに経験がなかった。おかしな幻覚だと片付けるには、妙に生々しい。

「——陛下」

背後から呼ぶのは、白焔の護衛の声だ。

姿を現すことなく、ただ主君の案配のみを訊ねる彼に「心配いらぬ」とだけ返す。

気分は最悪だが、体調は特に悪くない。自分が人殺しになったような体験をさせられれば、顔色の一つも悪くなるというもの。

しばし塀に寄りかかって心を落ち着ければ、いくらか不快さも和らいだ。

深呼吸して、再び帰路につく。と、そこへ見知った顔が通りかかった。

「あれ、どうしたの。こんなところで」

真っ赤な夕日に照らされ、立っていたのは張子軌であった。昼に白焔がまじない屋を訪ねた際に別れてから遊び歩いた帰りなのか、手ぶらで連れもいない。

子軌の軽々しい物言いから、白焔が皇帝であると知ってなお、どうやら態度を変えるつもりはないらしかった。

そのほうが白焔も気楽でありがたい。

「ああ、少し珠華との用事が長引いてな」

手短に説明すると、甘い顔立ちの年下の青年は「ふーん」と相槌を打つ。なぜか、そこにわずかな棘(とげ)が含まれている気がして、白焔は目を瞬かせた。

「なんだ、機嫌が悪そうだな」

この指摘に一瞬、子軌はぽかんとし、噴き出す。

「あはは。あんたのそういうところ、嫌いじゃないよ」

「そうか」

「別に、機嫌が悪いわけじゃない。ただちょっと、あんたの顔を見ていたら昔の嫌なことを思い出しただけで」

　眉を八の字にして肩をすくめる子軌に、白焔は首を傾げる。

「嫌なこと？」

「ああ、まあ、そんなのはどうでもよくって。気分がよくなさそうだけど、よかったら手を貸そうか？」

　せっかくの申し出だが、別に歩けないほどではない。

　手を借りたら、どうにもこの青年に文字通り借りを作ってしまうようで、それは気が進まない。

　自分でも、こんな気持ちになるのは意外だった。

（我ながら幼稚な）

　珠華を守り、彼女の力を最もよく引き出せる、彼女がいかに得難き存在かを一番わかっているのは白焔だという自負がある。ゆえに、珠華の幼馴染だという子軌になんとなく対抗意識が湧いてしまうのだ。

「いいや、結構。部下も近くにいるからな」

　子軌は微かに瞠目したあと、「そ」と素っ気なく返事をした。

　白焔の答えが彼にとっても意外だったのかもしれない。

「じゃ、気をつけて」

そう言っていったん踵を返した子軌は、暗闇の広がる路地へ一歩踏み出してから、再び足を止める。

「そうそう、皇帝陛下」

ゆっくりとこちらを振り返った瞳には、黒い澱が見え隠れする。

「もし珠華を傷つけたら許さないからね」

「俺が？　珠華を？」

何をそんな、非現実的な話を。

心当たりもない、わずかな可能性すらありえない事柄に対する忠告は、白焔の心に細波を立たせた。

だが、子軌はそれを感じているのか、いないのか、冷たい笑みを浮かべる。

「言葉ではなんとでも言えるよ。今度こそ、くれぐれもよろしく」

それだけ言い残した子軌は、沓音を鳴らして去っていく。

訳がよくわからないが、意味はわかった。

以前、後宮での一件では配慮の足りない箇所があり、珠華にも苦労をかけてしまった自覚はある。

子軌も、協力的ではあったが内心で思うことがあったのだろう。大事な幼馴染が危険な目に遭ったのだから、当たり前だ。

依頼をしたからには、珠華が危ない場面に遭遇しないという保証はできない。

だが、白焰自身が珠華を傷つけることは絶対にありえないと言い切れるし、できる限りの手段で彼女を守り通す覚悟はある。

「言われるまでもない」

白焰は顔を隠す布を被り直し、金慶宮の方角を向く。

いつの間にか、頭を占めていた不快感はすっかり消えていた。

二　まじない師は南方へ

燕雲のまじない屋の奥。書物や薬草の匂いと、墨の匂いが漂う作業部屋の台には、布袋に入った手荷物が置かれている。

「よし」

珠華は寝室で着替えを終え、最後に腹部で腰紐をしっかりと蝶々結びにすると、作業部屋へと出てきた。

（おかしなところはないかしら）

裙の裾を少し摘まんで持ち上げ、そっと放し、丈の長さにわずかに眉を顰めてから、自分の身体全体を見下ろす。

「ご主人様、きれ～」

白黒の猫の姿で目を輝かせてこちらを見上げてくるロウに、珠華は微笑んだ。

「そう？　変じゃない？」

右に半回転、左に半回転。初めて着る女官の衣装が、ふわり、ふわり、と広がって揺れる。

まだ日が昇ったばかりの、初夏の朝。

珠華は慣れない女官用の服を身に着けて、荷物をまとめて旅支度をしていた。

今日はいよいよ、陵国の南、俗に『南領』と呼ばれる赤家の治める土地『離領』へと旅立つ日だ。

今回、珠華は白焔の手配で、とある妃の侍女として離領に向かうこととなった。

身分は侍女だが、妃の手持ちの側仕えではなく、あくまで後宮に勤める女官が皇帝の指示でその妃付きになった、という設定である。

ゆえに、珠華が身に着けるのは妃が自らの侍女に用意する衣装ではなく、後宮の一般的な女官の着る既製品だ。

そのほうが目立たないし、動きやすくもあるのでちょうどいい。

「珠華さま。髪を結いますから、少しじっとしていてください」

珠華のあとから部屋に顔を出して冷静に言うのは、珠華のもう一体の式神である、珊。

彼女は、少年の姿と猫の姿を使い分けるロウとは違い、妙齢の美女の姿と小鳥の姿を持つ、女性型の式神だ。

今回もサンは人型で、珠華と同様に女官として皇帝と妃の一行に潜入する。

珠華は大人しくサンの言うことを聞いて、作業台のそばの木製の古い椅子に座った。

すると、サンは手早く珠華の髪を梳(くしけず)り、紐と簪(かんざし)で綺麗に結い上げてくれる。

「はい、できました」

「ありがとう」

いつもは簡単にまとめているだけだが、今回は女官役なので、心持ちしっかりとした髪型だ。

仕度が終わった頃には、約束の時間が近づいていた。

白焔からの指示によると、早朝に迎えの人間が訪ねてくるので、その案内で珠華たちは武陽の出入り口である門のところまで行き、離領行きの白焔たち一行と合流することになっている。

「ごめんくださーい」

表の店のほうから、声がかかった。少年のような高い音交じりの男の声は、聞き覚えがある。

白焔が手配したのだから、おそらくそういうことだろう。

「はーい」

珠華はおおよその見当をつけながら、店舗のほうへ顔を出す。やはり、そこには予想と違わぬ人物の姿があった。

「いらっしゃいませ。文成(ぶんせい)様」

「ご無沙汰しています。迎えにきました、李婕妤……じゃなかった、ええと」

相変わらずのおろおろとした調子で、後頭部に手を遣った小柄の男性――八の字の眉が特徴的な宦官の文成に、思わず苦笑いで答える。

「お久しぶりです。今は、珠華でいいですよ」

小粒な瞳を見開き、文成はその童顔を一気に崩した。

「よかった。では、あらためまして珠華どの。陛下の命で、迎えに参りました！」

どうやら、この元気のよさを見るに、彼も変わったところはなさそうである。

文成は、珠華が後宮にいたときに白焔が付けてくれていた宦官だ。

彼と最後に会ったのは、珠華が後宮を出た半月ほど前のこと。

短期間でそう人が変わるはずもないが、後宮で過ごした一月とは密度が違いすぎて、この半月がずいぶん長かったように感じられた。

「それは、どうもお疲れ様です」

軽く会釈をすると、文成は笑みを深めた。

「またご一緒できてよかった。陛下から事情は伺っていますが、珠華どのの腕は確かですから、頼もしいです」

「私も、文成様がついてくださるなら心強いです」

後宮では、彼にかなり世話になった。巻き込んで負傷までさせてしまい、申し訳なくもあったが、外見とは裏腹にいざというときには肝が据わっているので、安心して頼れる。本人曰く、荒事は苦手らしいけれども。

単に、珠華が文成と既知の間柄であるから、という理由での差配かもしれないが、それでも白焔の人を見る目は確かだと思えた。

「それに女官の衣装も、よくお似合いです。……あ、もちろん、お妃の豪華な格好も素敵でしたが」

「ありがとうございます」

彼の、こうしてすぐ賛辞を口に出してくれるところが、とても好ましい。

ともあれ、迎えが来たので、そろそろ出立の時間であるようだ。

「仕度しますから、少しお待ちください」

珠華はいったん奥に引っ込み、人型のサンと猫型のロウを連れ、手には荷物を持って表に出る。

珠華の荷物は多くない。

以前と同様、ほとんどの必需品はあちらで用意してくれているらしく、自身で持っていかなければならないのは、ほぼまじないの道具のみである。

朝の、ややひやりとした空気が頬を撫でる。日が昇ったばかりのまだ早い時刻だからか、人の気配はまばらだった。

静謐（せいひつ）な雰囲気のためか、珠華の後ろからついてきた式神たちにも、いつもの賑やかさはない。

「珠華」

「はい。老師」

微かに眠気を帯びた顔で見送りに出てきた、師の燕雲を振り返る。

「気をつけるんだよ。今回ばかりはさすがのあたしも、助けには行けないからね。下手に危険に首を突っ込むもんじゃないし、よぅく考えてから行動しな」

「……はい」

珠華は表情を引き締め、神妙にうなずく。

前回は最終的に燕雲の力を借り、子軌の手助けを受けてしまった。しかし今回は場所が離れているので同じようにはいかない。

重々覚悟の上で、白焔の依頼を引き受けたつもりだ。本当に幽鬼の類ならば、対処の方法もわかっている。

とはいえ、油断は禁物だし、慎重に行動しようとあらためて心に誓う。

「あの、老師。やっぱり、ロウかサンを置いていきましょうか？　人手とか、用心棒とか……必要では」

珠華が言うと、傍らで式神たちが「置いていかれるの？」と悲しげな面持ちになる。

一方の燕雲は、眉を吊り上げ、目を三角にして怒りだした。

「馬鹿をお言いでないよ。あんたこそ、人手も用心棒も必要だろうに、人を気遣っている場合かい。もうさっさと行っちまいな」

ふん、と鼻を鳴らし、動物でも追い払うかのように手で払う仕草を見せる燕雲に、珠華はため息を吐いた。

親代わりの師の心配くらい、十分にさせてほしい。

燕雲だって、凄腕のまじない師であるといっても老齢だ。燕雲が未熟な珠華を案じるように、珠華も一人残る老いた師を案じただけなのに。今回は特に長距離、長期間にわたって此処を離れるのでなおさらだ。

しかし、師がそう言うのであれば仕方ない。

燕雲が大丈夫だと言い張るなら、これに反論できないのが、今の珠華の立ち位置である。

「では、行ってきます」

観念してそう挨拶すると、

「気をつけて行ってきな」

燕雲はたいして別れを惜しむような様子を見せず、にべもなく返してきた。

「表通りに馬車を停めてありますから、移動しましょう」

文成の案内で、珠華とロウ、サンは燕雲の店を離れ、路地を歩いて表通りに向かう。

けれども、途中、珠華たちを見送るのほほんとした顔を見つけて、足を止める。

「……今朝はずいぶん早起きね、子軌」

道端に立ってこちらをうかがっていた子軌は、珠華の呼びかけで、笑いながら近づいてきた。

「密かに見送りをしようと思ったけど、気づかれてたか」

「別に隠れていたわけでもないのに、何を言っているのよ」

「それもそうか」

意外だった。不真面目で、いつもなら朝もだいぶ日が高くなってから起床するらしいのに、早朝から見送りに来るとは思わなかった。

珠華が驚いていると、子軌は半笑いのまま珠華の目の前に立ち、どきり、とするような真剣な目つきになる。

「気をつけて、珠華」

少し上にある幼馴染の甘い顔立ちを見上げる。

急に真面目になられては、どうしていいかわからず、戸惑ってしまう。

「ええ。気をつけるわ。……心配してくれて、ありがとう」

「本当にわかってる？」

子軌の訝(いぶか)しむような視線に、珠華も眉根を寄せた。

幼馴染や師がいなければ何もできない人間だと思われているようで、あまり心配されすぎるのも煩わしい。

「もちろん、わかっているわよ。大丈夫よ、だって皇帝陛下の一団と一緒に行動するんだから。危険があったら逆に困るでしょう」

「まあ、それはそうだけど。でも、もしかして少し集団から離れた隙に賊や大きくて強い妖怪に襲われたり、要人の暗殺に巻き込まれたりとか、ありえなくもない」

いつもなら、冗談を言っているのかと一笑に付して終わりになる話だ。さすがに妄想が逞しすぎる。

けれど、珠華は何やら得体の知れない、もやもやとした違和感のような不穏さを感じた。

珍しく、子軌が真面目だからかもしれない。

「……何？　また占いで変な結果でも出たの？」

訊ねると、子軌は子どものように大きく首を横に振る。

「いや、違う。占いの結果は問題なかったよ」

「……だったら心配のしすぎね。大丈夫よ、子どもじゃないんだから。あなたは家の手伝いをちゃんとして待っていて」

これ以上、しばしの別れに時間を費やしてはいられない。余裕はあるだろうけれど、もし白焔や妃たちを待たせることになったら大変だ。

踵を返した珠華の背へ、再度「珠華」と子軌が呼びかけてくる。

「本当に、気をつけて。帰ってきてからでも、何かあったら絶対に俺に言って」

「ええ。でも、その前に真人間になって、私が遠慮なく頼れるようにしてちょうだい」

「うん。考えておくよ」

そこは「立派な真人間になってみせる」ではないのか、と内心で考えながら、珠華は式神の二匹と宦官の文成を伴い、今度こそまじない屋を発ったのだった。

武陽の出入り口である大門の近くには、すでに豪奢(ごうしゃ)な馬車や煌びやかで派手な格好の従者や兵たちが馬とともに構えていた。

此処に集うのは、あとから行列に合流する珠華たちのような——言ってしまえば「おまけ」の者たちだ。

皇帝、および妃たちやその付き添いの官たちの行列は金慶宮から出発する。

武陽の街は、金慶宮のある場所が最も標高が高く、街の外に向かってなだらかに下っている。見た目ではわからないくらいの高低差ではあるが。

行列は緩やかな下り坂の大通りを、金慶宮からこの大門まで真っ直ぐ下ってくるのだ。

「しばらくお待ちください」

文成の指示により、珠華たち一行が大門の前で待機していると、やがて遠くのほうから銅鑼(どら)や管楽器の音が盛大に響いてきた。

皇帝を表す黄を中心に、赤や緑など色とりどりの旗が掲げられ、騎馬兵や荷物持ちの者などがゆっくり行進してくるのが見える。

皇帝である白焰が乗った馬車は行列の中央辺り、四人の妃がそれぞれ乗った馬車は皇帝の馬車の前に二、後ろに二という具合で配置されているそうだ。

しかしとんでもない人数による大移動である。

先頭が目の前を通り過ぎても、一向に皇帝や妃の乗った馬車は見えてこない。

結局、珠華たちが目的の人物と顔を合わせることができたのは、行列の先頭が見えてから一刻も経つ頃だった。

「乗りたまえ」

女性にしては少し低めの声をかけてきたのは、今回の件で珠華たちが仕えるべき主君であり、薄紅で飾った立派な馬車の主。

後宮に残った妃のうちの一人、楊梅花である。

「失礼いたします」

「どうぞ、かけて楽にしてほしい」

馬車の端の席を勧められ、珠華はサンと並んで腰かける。ちなみにロウは猫の姿のまま、珠華の膝の上。文成は馬車には乗り込まず、馬に騎乗して馬車と並走して移動する。

梅花は中性的な麗人であった。

真っ赤な紅を塗った唇は薄く、眉はきりりと吊り上がっている。切れ長の眦は洗練された水墨画の線のごとき美しさだ。

そして、彼女の格好は妃にしてはかなりの軽装だ。

硬質そうな長い黒髪を、装飾が少なく華美すぎない歩揺で簡単に結っているのみ、夏らしく涼しげな薄手の裳は淡い灰青色。

ともすれば、彼女の周囲に控える女官たちよりも質素に思える。

「初めまして、梅花様。李珠華と申します。……すみません、無作法で」

軽く頭を下げて謝罪を口にすれば、梅花は笑顔でひらひらと手を振る。

「構わないよ。私はこれから向かう南領の出身なんだが、南領は皆、おおらかでね。堅苦しい作法はあまり好まない気質だ」

「素敵ですね」

「まあ、それが時として、余所の者には無礼に思われることもあるけれど。ともかく、あなたを侮っているとか、そういう意図はないから安心してほしい」

「はい、それはもちろん」

まるで、気さくな青年と話している気分だ。

梅花は、珠華が接したことのある妃たち――何桃醂（かとうりん）や呂明薔（ろめいしょう）とはまた大きく異なる人物らしい。

彼女からは、不快な〝気〟を感じない。心を隠すのが異様に上手い者もいるので油断はできないが、ひとまず言動通りのさっぱりした性格とみていいかもしれない。

まず人を疑ってかかってしまうのは、珠華の悪癖だ。

行列がおもむろに進み始める。

このまま武陽から街道を通り、十日ほどで栄安市に到着する予定だ。

今の速度では到底無理な日程に思えるが、街を離れるにつれてだんだんと速度を上げるのだという。

行列は全員で五百人ほどの団体である。多いのか少ないのかは庶民の珠華にはわかりかねるが、未だに行列の全体がどうなっているのか把握できないほどには多い。

その中で梅花についている侍女は少ない。

珠華たちを除き、梅花と同じ馬車の中に一人、外の簡素な馬車に二人の、計三人ほどが常に付き従っているのみである。

珠華も外の馬車に乗ったほうがいいのではないかと思ったが、文成によると、梅花自身の希望でこうなっているらしい。

馬車がそれなりの速度で走り始めると、梅花から「珠華さん」と名を呼ばれた。

「なんでしょう？」

珠華が梅花のほうを向くと、梅花は硝子玉のような瞳でこちらを見ていた。

「こういうことは早めにはっきりさせないといけないかな、と思うのだけれど」

「はあ」

こういうこと、とは、いったいなんのことだろうか。

首を傾げる珠華に対し、梅花は決意を秘めた硬い表情で頭を下げた。

「な、なにを――」

「申し訳なかった」

はっきりとした口調で告げられたのは、まぎれもなく謝罪である。彼女とは、これが初対面だ。それなのに、何を謝られることがあるのだろう。

しばらくして珠華はその理由に思い当たった。

（ああ、そうか。後宮での件ね）

すっかり失念していた。

後宮で梅花とは顔を合わせていないし、あまりぴんときていなかったのだ。

「私は、あなたが虐められていたのを知っていながら見てみぬふりをした。……私には関係ないと、こちらに害が及ばなければそれでいいと考えていたから」

彼女の声から、後悔が滲み出る。あえて〝気〟を感じとることはしていないが、申し訳なさが場の空気を漂っているのが手にとるようにわかる。

珠華は困惑して眉根を寄せた。

「顔を上げてください。……私は、あなた様が悪いとはまったく思いません」

本心だった。

後宮で生活をしてみた今なら、彼女の心情を容易に理解できる。

例えば、後宮での自分とは直接関係がない妃同士の争いに首を突っ込んだとして、真っ先に被害を受けるのは誰か。不利益を被るのは誰か。彼女が背負っているものは──。

考えたら、迂闊に他人を庇うなど愚か者のすることだ。

後宮では、その激しい争いの中でしばしば、簡単に人が死ぬ。命を落とすのは妃自身だけでなく、その手足となって働く罪なき女官たちも然り。

自分の身を守る、身内の命を守る、家名を守る。守らなければならないものを背負っているならば、余計な争いごとにかかわるべきではない。

だから、珠華を助けなかったからといって、梅花を責める気にはなれなかった。

（それに……）

助けてくれなくても別に構わない。

珠華の外見を目にしても敵意を向けず、蔑まず、気味悪がらない……それがどれだけありがたいか。

きっとこの心情は、美しく清廉そうな梅花には想像もつかないことだろう。

「私を助けなかったのは、梅花様がご自身のすべきことを正しく実行していらっしゃった証拠では？　あのとき、私と梅花様の間には、何の縁もゆかりもなかったのですし」

「そうはいっても、いい気分はしないのでは」

どうだろうか。珠華は己の心を省みる。

あの件に関して、珠華としてはいい気分も悪い気分もない。

だいたい、過失があったとすれば、上手く立ち回れなかった珠華自身か、あるいは後宮や貴族のことなどまったくわかっていない庶民に依頼してきた白焔だ。

また、皇帝のお気に入りの新人を虐める、という選択肢を選んだのは呂明薔で、謀反を企んだのは何桃醂。それらは彼女たちの犯した罪でしかない。

「気にしません。別に私から助けを求めて無視された、というわけでもありませんから」

珠華の言葉に、面を上げた梅花は軽く瞑目し、長い息を吐き出した。

「……あなたのほうが、私よりよほど妃らしい」

「ええ？　ありえません。やめてください、私、もう妃はうんざりなんですから」

ぎょっとして、慌てて否定する。

妃らしいだなんて、とんでもない。いくらおだてられようと、目の前に財宝の山を積まれて「妃になってください」と頼まれようと、後宮は二度とごめんである。

それに、卑屈で、疑り深く、すぐ憎まれ口を叩く自分が、妃らしいなんてあるわけがない。

「ははは。まあ、私の個人的な評価で、褒め言葉だから。つまり、私はあなたを人として評価している、ということだけれど。素直に受け取ってほしい」

「はあ、まあ……その、光栄です」

なんとなく気恥ずかしく、居たたまれなくなった珠華がそっぽを向くと、梅花は少しほっとしたように、おおらかに笑った。

陵国の中央に位置する直轄領、黄領(おうりょう)のさらに中央にある武陽から離領へは、主に整備された街道を伝って南下する。

街道は数十年かけてまだ国中に張り巡らされている途中だが、運河に並ぶ、陵国の主要な交通網である。

白焔の御世(みよ)になってからは特に交通網の重要性が強調され、物理的にも制度的にも整備が急速に進行している。おかげで人や物の流通がさらに活発になり、白焔の天子としての手腕が評価される代表例ともなっていた。

離領の強みは温暖な気候と大河の流れによって成り立つ、豊かな森林と農地。

陵国一の資源の宝庫といっても過言ではなく、農作物や木材の種類によっては離領が国の需要のほとんどを賄っているほどだ。

珠華はゆっくりと過ぎていく風景を眺め、その雄大さに感嘆のため息をついた。

「すごい……」

鬱蒼とした木々に覆われた岩山が、遠くにいくつも並び立つ。

これでも北の朔領の山岳地帯にはまったく及ばないそうだが、初夏の蒼穹(そうきゅう)に迫る高さの山々は十分な存在感を放つ。

麓(ふもと)には縦横無尽に地を走る萌黄(もえぎ)の畦(あぜ)に囲まれた田畑が広がり、そのところどころに木造の小屋や家が密集して、村を形成していた。

農地の真ん中を貫くように延びる広い街道は、土を平らに均しており、そうでない道と比べると、馬車で走ってもかなり揺れが少ない。

「珠華さんは、武陽を出るのは初めてだったんだっけね。まあ、武陽は都会だし、近くに大きな山はないから驚くのも無理はない」

馬車の向かいの席で、梅花が笑う。

このさっぱりとした性格の妃と同じ馬車に乗り、会話するのも道中でだんだんと慣れてきた。

「梅花様も、後宮に輿入れしたときはこの道を通られたんですか?」

珠華の問いに、梅花は苦笑する。

「通ったけれど。でも、後宮でこれから窮屈な暮らしをしなければいけないかと思うと憂鬱で、あまり風景を眺める余裕もなかったね」

「なるほど」

珠華にとっては、どんな風景も真新しい。生まれてから今まで、武陽を出たことがなかったのだ。

たまに武陽の近くの他の街に師の燕雲が仕事で赴くことはあったものの、店を留守にするわけにはいかないので、珠華は毎回留守番だった。

特に武陽の外への憧れなどは抱いていなかったけれど、現実に目の当たりにすると圧倒され、心が沸き立つ。

そんなふうに他愛ない会話を交わしながら、夜は街や比較的規模の大きな里に泊まり――もちろん、下働きの者たちは野営だが――と繰り返しているうちに、栄安市までの十日の日程は瞬く間に過ぎていった。

「ああ、見えてきた。あの門が、栄安市の入り口だよ」

馬車の窓から梅花の指したほうを、珠華も見る。

朱塗りの大きな門は、武陽の大門に迫るほどの、たいそうな規模と豪奢さを誇る。気づかぬうちに街道ですれ違う人の数も増え、大きな商隊も何度か見かけたほどだ。門では、こうしている今も荷を担いだ人や巡礼者たちが大勢出入りし、警備の兵の姿も多い。

栄安市は離領の都ではないのだが、勘違いする人もしばしばいると聞く。この賑わいなら、無理はない。

「星姫の墓所と廟は、街の外れ、ちょうど門とは反対側にある。私たちは赤家の所有する――ほら、あの少し高いところにある『杏黍宮（きょうしょきゅう）』に滞在するよ」

梅花の示した方向には、離領の強い日差しを照り返す、整然と並んだ美しい赤瓦が見えた。

さすがに金慶宮には及ばないが、かなりの大きさの建物であることはうかがえる。

「すごく立派な城市ですね」

珠華が見たままを言うと、梅花もうなずいた。

「そうだね。栄安市は南領内でも重要な拠点で赤家の直轄だし、私の実家である楊家は南領の中でもせいぜい中位程度の貴族だけれど、やはり四王家の一つである赤家の権威と富は段違いだから」

赤家は、離領——通称『南領』の領主一族である。

陵国は頂点に皇帝とその一族である劉家が君臨し、下に四つの王家『四王家』が集う形になっている。

劉家は初代皇帝、劉天淵（りゅうてんえん）の子孫で、四王家は、初代皇帝に最後まで付き従ったという忠臣の四人、『四臣（ししん）』が祖。

劉家が陵の中央である武陽を中心とした直轄地を治め、四王家は劉家の意向に従いつつ、各々が東西南北のそれぞれの領地を治めているのだ。

つまり赤家は四王家のうちの一つで陵の南を司り、権力は劉家に次ぐ、というわけである。

一方、栄安市は星姫の故郷だ。

千年前から巡礼者や観光客が多く、彼らに向けた商売も繁盛している。そうして栄安市は徐々に人の出入りが激しい活発な城市となり、領主たる赤家直轄となった、という経緯があった。

杏黍宮は、赤家の所有する中でも三指に入る大きさの宮殿で、赤家の者が栄安市に滞在するときに使われたり、今回のように客人をもてなすために使われたりする。

珠華は、伝聞でしか見聞きしたことのなかった女神の聖地を実際に目にし、密かに心を躍らせていた。

「ご主人様、うれしそう」

膝の上でぐーっと伸びをしながら、ロウが梅花に聞こえないように、こそこそと言うので、少し恥ずかしくなってしまう。

「そ、それはそうよ。初めて来たんだから」

珠華もまた、小声で返す。

ちなみに、この十日間で猫の姿のままだったロウは、梅花の前で一言も発することなく、普通の猫ではないと気づかれずに済んでいる。

白焔が信用して珠華の身柄を任せた人物だし、一緒に過ごしてみて悪い人間でないのもわかっているので、隠す必要もないかもしれない。

ただ、どうにも妃である梅花にそこまで心を開く気にならなかったのと、知られたことであまり根掘り葉掘り訊かれても面倒だと思ってしまったのだ。

（私って、つくづく人付き合いが下手で救いようがないわ……）

たとえ交友関係が広がろうと、容姿のせいで人から疎まれてきた記憶は消えないし、警戒心は急にはなくならない。

(でも、不思議と、白焔様のことは比較的すんなりと信じられたのよね)

まさか、無意識にあの極上の顔と鷹揚な態度に絆されたのだろうか。いや、その可能性はあまり考えたくない。

「……やたらと、ぐいぐいくるのがいけないのよ」

ぼそり、と小さく呟いたとき。

「何がだ?」

「ひぃっ」

突如、至近距離で白焔の声がして、珠華は飛び上がった。

慌てて声のしたほうを向くと、馬車と並走する馬の上から、白皙の美貌が満面の笑みを浮かべてこちらを見ている。

驚きすぎた恥ずかしさと、迂闊な発言を聞かれた混乱で頬が熱くなった。

「なんでもないです! というか、いきなり女性の馬車をのぞきこむなんて、ぶ、無礼ですよ!」

「俺は皇帝だからな。妃の馬車をのぞいても許されるのだ、これが」

いけしゃあしゃあと豪語する白焔。――この男の、こういうところが。

喉奥までせり上がってきた文句を呑み込み、梅花の顔を見る。

白焔の暴挙に苦言の一つでも呈してくれないかと期待したのだが、彼女も平気な顔で笑っていて、特に気に障った様子はない。

身分に反して身軽そうなところといい、あまり言動を取り繕わないところといい、白焔と梅花が似た気質のように思えてきた。

「それで、何がぐいぐいくるのだ？」

興味津々、といった表情で追及してくる白焔の顔面を、殴りたい衝動に駆られる。

「なんでもありません！」

「だがな」

「言いたくないです！　それより、皇帝陛下が何の用ですか」

あからさまに話を逸らすと、白焔はややあって、「ああ、そうだった」と手を打った。

「今晩、さっそく件の騒動について実地調査をしてもらいたい。頼めるか？」

仕事のことか、と珠華は一瞬で気を引き締める。

十日間に及ぶ移動中はまじない師の出番は特になく、いざとなれば兵も神官や巫女もいる、と思えば気楽なものだった。

だが、栄安市に夜な夜な現れるという幽鬼については、珠華の仕事。栄安市に到着したからには、しっかり依頼に集中しなければ。

「わかりました」

「すまない。長距離の移動で疲れているだろうが」

珠華は気遣う様子を見せる白焰に、首を横に振る。

「いいえ。それが私の仕事ですし、早く取り掛かって悪いことはないですから」

少なくとも幽鬼に関して調査して退治する仕事は本業だし、後宮で妃をやれと言われるよりよほどいい。

と、答えた珠華の顔を、白焰がじっと見つめているのに気づいた。

「……なんですか？」

「今晩のいつ頃、現地に向かうのだ？」

そんなのいつでもいいでしょう、と返そうとして、珠華ははっとした。

やたらと自ら出張りたがる皇帝陛下のことである。こんなことを訊いてくる目的は一つしか考えられない。

「いつでもいいと思います。白焰様には直接関係のないことですよね」

「いやいや、そなたは俺のまじない師……」

「その手には乗りません」

また調子のいい言葉で懐柔してこようとする白焰に、ぴしゃりと言い放つ。

彼は剣の腕があるし、いれば何かと役に立つが、さすがにそう何度も皇帝陛下の身を危険にはさらせない。

十中八九、幽鬼の噂がただの見間違いや勘違いだったとしても、本物である可能性もないわけではない。

もし退治しなければならないとなれば、以前のような荒事にだってなりうるのだ。

「そなた、吝嗇すぎないか？」

「なんとでも。仕事ですから」

珠華は、不貞腐れて唇を尖らせる白焔を一瞥し、つんと顔を背けた。

隣に座るサンや、膝の上のロウも、珠華の言に当たり前だ、という表情と冷たい視線で白焔を突き刺していた。

一方の梅花は、腹を抱え、肩を震わせて声を立てずに大笑いしている。

「だが、どうせ行くのは深夜だろう？　それなら俺も寝所を抜け出てこられるぞ」

「皇帝陛下には皇帝陛下の、仕事というものがあるでしょう。それは、一介のまじない師のあとをついて歩くことではないはずです」

珠華ごとき、一般庶民が皇帝を諭すなど何様だと自分でも思うけれど、白焔がしつこいので仕方ない。

「それはそうだが……」

目に見えて落ち込み、うなだれる白焔を見ていると、わずかに罪悪感が湧いてくる。

（でも、私は悪くないわよね。うん。悪くない）

やはり全部、やたらとぐいぐいくる白焔が悪い。

絶対に折れないぞ、と心に誓い、珠華は拳を握りしめた。


昼過ぎに栄安市に到着すると、皇帝陛下一行――つまり珠華たちもだが――は、赤家の歓待を受けた。

皇帝や妃にそれぞれ大きな部屋が割り振られたのはもちろんのこと、珠華のような侍女、女官たちも二人一部屋が与えられた。

珠華はサンと同室ということになっているが、サンは珠華が使役しているので実質、珠華の一人部屋である。

ひとえに、離領出身で、赤家とも縁のある梅花の計らいのおかげだった。

夕刻をすぎれば、赤家主催の歓迎の宴が行われ、明日以降は皇帝による視察や、妃たちによる園遊会なども予定されているらしい。

が、それも珠華は自由参加ということで許してもらっている。

さまざまなところで事情を配慮し、話を通してくれた梅花には頭が上がらない。感謝を示すと、「詫びの気持ちだから」と言うが、それでもありがたかった。

珠華は自室で、少ない荷物を広げる。

着替えなどはすでに白焔にあらかじめ手配してもらっていたものを、文成が届けてくれた。

「文成様も、行きます？　幽霊調査」

珠華が荷ほどきをしながら、手伝ってくれている文成に訊ねると、小柄な宦官は激しく首を横に振った。

「いいい、行きませんよ！　珠華どののもご存じでしょう！　自分は荒事が苦手なので、足手まといにしかなりませんし、なんの役にも立ちませんし、たぶん逆に迷惑をかけてしまいます！」

「ぶんせーは、たたかえないもんなー」

荷物を入れてきた袋の紐にじゃれつきながらロウが言うと、本人も大きくうなずいた。

「その通りです。自分の役目は珠華どのが動きやすいように手伝うことですから」

「珠華さま。わたしのことは連れていってくださいますよね？」

不安げに訊ねてきたのは、部屋の調度品などを確認してくれているサンだ。

どうやら、後宮での一件のとき、サンを留守番にしてロウだけ連れていったことがあったのをずっと気にしているらしい。

戦闘力でいうと、専用に作った式神であるロウのほうが、サンよりも強い。サンは鳥の形をとるので、偵察用や連絡用といった面が強いのだ。

だが、今回はあからさまにこちらを狙う敵がいるわけでもなし、留守番は文成一人に任せておけばいいだろう。

「ええ、連れていくわ。みんなで行きましょう。せっかくの祭りなのに、本当に幽鬼が出たら大変だもの」

珠華が答えると、文成が神妙な顔で言う。

「どうやら栄安市中に噂が広まっているようですから。このままだと、陛下の治世に問題があるのではないかなどと、あらぬ悪評の元になってしまいます」

星姫を祀る星の大祭は、特別だ。

彼女は陵国建国になくてはならなかった存在。彼女の初代皇帝への献身あってこその陵だ、というのが、この国の民の共通認識でもある。

星の大祭が失敗するような事態になれば、星姫が当代の皇帝および劉家を見放した、というような評判に繋がりかねない。

今年は皇帝と妃全員が揃っての開催ゆえに、余計にしくじりは許されないし、そこで白焔が『後宮制度の廃止』など宣言しようものなら、後宮を作って死んだ星姫の祟りやら何やらと、さらに騒がれるだろう。

幽鬼の噂自体は、たいしたものではないが、場合によっては白焰の進退にかかわる。

意外と珠華の責任は重大だった。

（まあ、私の力では噂をなんとかするのは無理だけど。でも幽鬼がいないとわかれば、あとは白焰様が自分でなんとかするわよね）

時間はあまりないし、幽鬼がいないことの証明は難しい。むしろ、今晩のうちに本当に幽鬼の一体でも現れてくれれば話が早いのだが。

持ってきたまじない道具を手に、珠華は大きく息を吐いた。

＊　＊　＊

歓迎の宴の会場は賑わっていた。

主に武陽からやってきた皇帝と妃、高官たちと、赤家の者とで席は埋まっている。

卓子には実に種類豊富な高級料理や茶、酒、瑞々しい新鮮な果物、作りたての凝った菓子などが載った大皿が所せましと並べられ、楽団や踊り子などの芸も余興として楽しみつつ、各々盛り上がっているようだった。

また、酌をしたり、高官の男たちの話し相手をしたりと、着飾った若い女が多く動員されている。

彼女たちの目が時折、こちらを向いて猛獣のように光っているのは、気のせいだろうか。あまり深く突き詰めてはいけない気がする。

「……はあ」

白焔の口から、盛大なため息がひとつ落ちる。

杯を持つ手はいつからか緩慢になり、そろそろ腹もくちくなってきた。

宴は嫌いではない。美食も酒も、音楽や踊りも、着飾った女たちも——嫌いではない。むしろ好きだ。……好きだったはずだ。

「陛下、お疲れですか」

声をかけてきたのは、白焔の傍らの席に座る梅花だった。

白焔も宴だということでだいぶ分厚い衣装と豪奢な冠を身につけているが、彼女はその比ではない。

金銀宝石で髪や耳を飾り、幾重にも高価な絹の衣装を重ね着した梅花は、昼間のような闊達(かったつ)さがどうにも見当たらない。

たぶん、自分も同じようなものだろう、と白焔は思いながらうなずく。

「まあな。ああ、別に赤家のもてなしに不満があるわけではないぞ」

「わかっていますよ」

いつの間にか半分以下に減っていた白焔の杯の中身を、梅花が手ずから足す。

「陛下が今考えていることを当てて差し上げます。——夜中、どうやって抜け出そうかな。珠華はいつ頃、調査に行くんだろう……どうです、当たっていますか？」

白焔の声色を真似しながら言い、にやにやと笑う梅花を一瞥し、白焔は杯に口をつける。

「当たりだ。……大当たりだ」

贅の限りを尽くし、本当なら誰もが喜び、満喫するであろう宴に参加しながらも、白焔の頭の中はあの白髪赤眼の少女が占めている。

普段、皇帝にさえ刺々しい態度をとり、けれどたまに照れたり、怒ったり、笑っていたりする彼女がこの宴に参加していたなら、もっと楽しかっただろうと考えてしまうのだ。

だから、自然と思考も彼女に同行を拒否された、幽鬼調査のほうへと向いた。

「そんなに行きたかったのですか、幽鬼を見に」

嫌な訊き方をする女だ、と梅花を再び見遣ると、彼女はやはりおかしそうににやついていた。

——楊梅花。

彼女を採用したのは、白焔が、珠華をどうやって栄安市行きの行列に加えるか悩んでいたときに、自分から協力させてほしいと頼んできたからだ。

信用できるかどうか、見定めるために幾晩か後宮の彼女の部屋へと通って言葉を交わし、昼間は文成をつけて様子を見させた。

結果として、白焔の嫌な勘は働かず、梅花は無害であると結論づけたために、珠華の存在を打ち明け、協力させることにしたのである。

勘、というといい加減なものに思えるが、白焔の人物に対する勘は外れたためしがない。この勘がなければとっくに白焔は暗殺されて、今回は金慶宮に置いてきた宋墨徳が皇帝になっていただろう。

「私への態度と、珠華さんへの態度、違いすぎる気がするのですが？」

「そんなことはないぞ。俺はいつでもこんな感じだからな」

やや投げやりな調子で返す。

白焔は皇帝として、この程度の宴ならば何度も経験している。

どれもほどほどに楽しみ、呪いを患っていたために女性とは触れ合えなかったが、十分に堪能していた。だから、自分はこういった催しが好きなのだと理解していた。

そのはずだった。

珠華と会ってから、どこにいても彼女の姿をいつも無意識に捜している。あの、新雪のように美しく煌めく白髪と、複雑な色を宿した赤い瞳を。

珠華がいないと、どこか物足りないような心地がして、ああ、この場に彼女がいればいいのにと、何度も思ってしまうのだ。

「こんなにも味気なく感じる宴は初めてだ。……赤家のもてなしに不満はないが」

「だから、それはもうわかりましたよ」

聞き飽きました、と苦笑いをする梅花は美しい。呪いが解ける前ならば、憧れのようなものを抱いていたかもしれない。

けれど今は、もっと話したい、もっとともに時間を過ごしたいとは思えなかった。

呪いに蝕まれていたときよりも、呪いが解けた今のほうが女性と近しくなりたいという欲望が薄いのは、とんだ皮肉だ。

「いいではないですか、幽鬼調査に陛下も行けば」

「だが、珠華に来るなと言われたぞ」

あの拒絶ぶりには、さすがに楽観主義の白焰でも落ち込む。

「まあ、陛下をあれだけぞんざいに扱えるのは、あとにも先にも珠華さんくらいかもしれませんが。でも、彼女ならなんだかんだ言っても許してくれるでしょう」

梅花の言う通りではあるけれど、そんなことをして嫌われないかと心配になってしまった自分は、本当に重症かもしれない。

白焰は、宴の会場をぼんやり見つめながら、嘆息した。

「──楊梅花」

「はい」

あらためて名を呼ぶと、梅花はにやけ面を引っ込めて、居住まいを正す。

「指環の件の調査を頼む。あと、妃たちのことはそなたに任せる。おかしな動きはくれぐれも、させないように」

残りの妃は、あと四人。

すでに白焔が後宮の廃止を宣言するという噂は陰で出回っているので、もしかしたら皇后の座を狙って何か仕掛けてくるかもしれない。

せっかく妃の中に梅花という、使える駒を見つけたのだ、生かさない手はない。

「お任せください」

梅花は生き生きと、うなずいたのだった。

＊　＊　＊

しん、と静まり返った深夜の杏黍宮を、猫の姿のロウ、小鳥の姿となったサンを連れ、珠華は音を立てず忍びやかに抜け出した。

かなり遅い時間まで宴が続き、市中も賑わっていたので調査に行けるか不安だったが、夜がすっかり更けてしまうと波が引くように人の姿はなくなった。

幽鬼が出る、という噂と、きっと無関係ではないのだろう。

実際に幽鬼に襲われて怪我をした赤家の者もいるというので、民が警戒するのも無理はない。

杏黍宮の下働き用の裏口を使い、外に出る。

警備の兵がいたが、話が通っているのか、見咎められることはなかった。

「確か、幽鬼が出たというのは……」

「主に『天墓』のまわりと中心街のほうです、珠華さま」

サンがすかさず告げて、珠華は軽くうなずく。

「『天墓』って、私たちが昼間通った門とは反対側なのよね」

幽鬼が何度か目撃された現場の近くにある『天墓』とは、星姫の墓所とはまた別のものだ。

星姫の墓所からさほど離れていないその墓所。

地元では、大昔のとある男性貴族を葬った墓らしいが、歴史が古く、詳しい身元はわかっていないようだ。

ちなみに、栄安市の外ではあまり知られていないし、珠華も此処に来るまでその存在を聞いたことがなかったので、知名度は低い。

葬られている人物の身元がわからず、近くに星姫の墓所という国で最も有名な墓があるのだから、仕方ない。

「でも、『天墓』なんてたいそうな名前がつけられているくらいだから、きっと名のある偉人が葬られているんだと思うけど……」

「誰のかわからない墓なんて、そこらじゅうにあるでしょー」

ロウが腕の中でくあ、と欠伸をしながらのんびりと言うので、少し笑ってしまう。

「まあ、そうね。名もなき墓なんて、珍しくもないわ」

そもそも、陵の首都である武陽は、古に初代皇帝やその仲間たちが殺し尽くした悪鬼たちの夥(おびただ)しい死体が丘となり、その上に造られたという言い伝えがあるくらいだ。多くの悪鬼も人も、その他大勢のまま名を残せず、残ってもいつしか忘れられる。

珠華はそれが悪いとは思わない。

むしろ、いつまでも名を民に覚えられ、後世にあれやこれやと論じられるほうが嫌だ。

一人と二匹は、ようやく杏黍宮の出入り口から続くなだらかな細い坂道を下りきり、市街地へと降り立った。

すると半分予想した通りの、長身の男の姿があった。

「珠華。遅かったな」

低い声が耳に入った瞬間、珠華はがっくりと脱力してしまうのを止められなかった。

なぜ、いるのか。あれだけ言ったのに。

「白焔様。どうして、此処に？」

遅くまで宴に参加していたのだし、長距離移動の疲れがあるのは彼とて同じはず。いくら体力があるとはいえ、明日からも皇帝陛下は過密な日程で多忙なのだ。

依頼にだけ集中していればいい珠華とは、わけが違う。

だが、白焔は平然と歩み寄ってくる。ロウが、ふん、と不満そうに鼻を鳴らした。

「俺も参加していいだろう？」

日常でどんなに不遜な態度をとっていても、珠華は一庶民。こうして強硬手段に出られては、強く追い返すのは難しい。

白焔が足手まといにならないのはわかっている。彼ほど腕が立てば、危険な状況に陥る状況などほぼないだろう。

無理に理由をつけて、彼を遠ざけたがっている自分がいる。白焔がいると、甘えてしまうから。珠華の言うこと、すること、すべてを受け止めて、肯定してくれる白焔といると心地よすぎて。

彼と一緒にいることに、慣れてはいけないにもかかわらず、だ。

（でも、それは私の事情。これ以上拒絶する権利は、私にはない）

葛藤の末、渋々、珠華は白焔の参加を受け入れた。

「……わかりました。行きましょう」

珠華が言った途端、暗がりの中でも白焔が顔を輝かせたのがわかった。いつの間にか、表情が見て取れるほど近く、整った容貌が迫っている。

白焔の指が、す、と珠華の白髪を一房すくいとり、薄い唇が落とされる。

「な……っ！　なにするんですか！」

小さく悲鳴を上げるより早く、体温が一気に上がり、見えなくても自分の両頰が赤くなっているのは明白だ。

即座に、珠華の腕の中に抱えられていたロウが動く。

「いたたたた」

白焔の手に、ロウの牙がしっかりと刺さっている。それどころか、サンまで白焔の頭上にとまり、脳天をつついて攻撃していた。

自分が恥ずかしいよりも先に、過剰防衛を行う式神たちに、珠華は青くなった。

「ちょ、ちょ、ちょっと待って、やめて二人とも」

「ご主人様の敵」

「珠華さまに手を出す不届き者には、罰を与えなくては！」

にゃーん、ぴーぴーと、己の正当性を訴える猫と小鳥。珠華は仕方なく、物理的に二匹を白焔から引きはがした。

「二人とも、やめてって言っているでしょ。気持ちはありがたいけど、私は大丈夫だから」

「大丈夫なのか？　……確かに、ただの感謝の気持ちの表明だしな。またやってもいいということだな」

手と頭頂部をかわるがわる擦りつつ、白焔が懲りずに不穏な発言をしたせいで、式神たちの目がまたもや鋭く光る。

これではきりがないし、話が進まない。

「ああもう、全員、黙って大人しくして！」

いい加減、頭にきた珠華が怒鳴り、白焔と、サン、ロウは、揃ってしゅんと肩を落としたのだった。

ひとしきり騒いだ二人と二匹は、中心街の見回りを後回しにし、まず『天墓』のほうへ歩きだす。

中心街は今晩、まだ皇帝一行が到着した賑わいの名残で人通りがあるからだ。

人の目があると、まじないの仕事はやりにくい。しかも、白焔の姿を見られるわけにもいかない。

街の中を、会話するにも大声にならないよう注意し、珠華たちは黙々と進む。

明かりは、月と星の光。それから、手に持った小さな灯籠の火だけである。かろうじて足元が確認できるくらいで、注意していないと場所がわからなくなってしまいそうだ。

「この辺りかしら」

しばらくして、一行は『天墓』の前まで来ていた。

栄安市では有名だという『天墓』は、小さな剝き出しの石室だった。

いくつもの切り出した石が積まれ、四角い建物のようになっている。手入れをしっかりされているようで、朽ちてはおらず、石室の手前には花などが供えられていた。

ただ、高さは人がかがまないと入れないいくらいしかなく、石室の入り口はしっかりと石で塞がれていた。

市街地とは目と鼻の先で、今は閉まっているものの、すぐ向かいにも商店が並ぶ。

「ふむ。思ったよりも立派な墓だな」

白焔が、石室の隣に置かれている、『天墓』の文字が彫られた碑を眺めながら言う。

視線を巡らせた先、小山に造られた星姫の墓所や廟と比べてしまうといくらか見劣りするが、白焔の言う通り、意外と『天墓』の作りはしっかりしている。

「とにかく、一度この辺りを捜してみましょう」

珠華の呼びかけに、白焔がうなずき、ロウは珠華の腕の中から飛び降りる。

（簡単にはいかないでしょうけど）

幽鬼も毎晩現れるとは限らない。おそらく捜索は難航するだろう。

と、考えた珠華だったが、さっそくどこからか、おかしな声のようなものが聞こえるのに気づいた。

「……何か、聞こえませんか？」

「ああ。さっきから、どうも呻き声のような」

白焔と顔を見合わせ、首を傾げる。

こんな時間に、珠華たち以外に人がいるだろうか。しかも、幽鬼が出ると噂の場所に。あるいは、逆に面白半分で幽鬼を捜しに来た者か。

周囲を警戒していたロウが「ご主人様！」と声を上げた。

「あっちになんかいる！　幽鬼かも」

ロウが前脚で、石室から見て市街地の方角を指し示している。

「ええ？　そんなまさか――」

これほどあっさり見つかるわけがないと思っていなかった珠華は、半信半疑でロウの指すほうを見て、絶句した。

距離にして十歩分くらい先だろうか。

珠華たちの行く手、道の途中に白い影のごとき何かが、ぼんやりと、微かに発光しながら、浮かんでいるようだった。

先ほどの呻き声も、その影から聞こえてくる。

「あれが幽鬼……なのか？」

困惑を滲ませ、白焔が呟く。

珠華はごくり、と生唾を吞み込み、一歩、また一歩と、率先してゆっくり白い影に近づく。

本物の幽鬼であるならば、濃い怨念を抱き、敵意を持って襲ってくる場合がある。珠華も何度かそういった幽鬼を退治してきた。

けれど、目の前の影は、まるでそのような〝気〟を纏っていない。

（害のない類の幽鬼かしら）

それでも警戒を解かず、慎重に近づいていくと、次第に影の輪郭がはっきりと見えてくる。……やはり、人の形をしている。

どうやら、幻覚などではなく、本当に幽鬼で間違いなさそうだ。

「あの」

幽鬼は男性のようで、地面に蹲って呻いているように見える。珠華が声をかけると、ゆっくりと首を巡らせてこちらを振り返った。

〈……誰だ？〉

耳からでなく、頭に直接響いてくる問いかけ。幽鬼は珠華たちを認識し、どうやら会話をする気があるらしい。

まだ若い男性の幽鬼だ。

服装にはやや歴史を感じるが、身なりは悪くなく、貴族か何かだろうと推測できる。であれば、この幽鬼は『天墓』に葬られている者かもしれない。

「私たちは幽鬼の噂を調べに来た者です。最近、夜な夜なこの辺りを徘徊しているという幽鬼はあなたですか？」

珠華が訊くと、幽鬼はおもむろに立ち上がり、ずい、と顔を近づけてきた。思わず一歩、足を後退させてしまう。

〈やっと話の通じる者が来てくれた！〉

幽鬼は、そう言って破顔した。

「え？」

〈今まで、余を見ると皆、逃げ出したり攻撃してきたりして、話にならなかったんだ〉

ふう、やれやれ、とかぶりを振ってみせる幽鬼に、珠華は目が点になる。

彼の言っていることはおかしくない。当然、幽鬼など普通に見かけたら、誰でも逃げるなり撃退するなりするだろう。

しかし、あまりにも人間臭い仕草で話す幽鬼に、呆気にとられてしまう。

〈余は余で、困っていたんだ。だというのに、誰も話を聞いてくれないので、途方に暮れていた〉

額に手を当て、肩をすくめる幽鬼は、かなり芝居がかっている。

若干、否、それどころでなく引いている珠華に代わり、白焔が少し前に進み出て幽鬼の男に訊ねた。

「そなたの名は？　困っていることとはなんだ？」

この問いで、幽鬼の男は初めて白焔の存在に気づいたようだった。そして、目を丸くする。

〈……お前〉

珠華は訝しむ白焔と、何やら驚いているらしい幽鬼の男を見比べてその不可思議さを発見し、咄嗟に口元を押さえた。

「そっくり……」

「ん？　なんだ？」

〈…………〉

「だから、そっくりなんですよ。二人」

ほとんど同じ、二つの顔。

幽鬼の男と白焔は、普通では考えられないほど似た顔つきをしていたのだ。

男は、己の名は『テンエン』であると名乗った。

どこかで聞いたような名である。はて、どこでだったか、と悩むまでもなく、珠華と白焔はそれを聞いたのと同時に、無言で視線を交わした。

〈余は、記憶がないのだ〉

困り事が何か、あらためてテンエンに訊ねると彼はそう答えた。

生前の記憶がまったくなく、自分がどこの誰で、どうして死に、どうして最近になって此処をさまよっているのか、皆目見当もつかぬという。

ただ、テンエン、という名で呼ばれていたような、おぼろげな記憶の断片だけがあり、そう名乗ったらしい。

彼が目覚めたのは今年の春頃。日時は定かでないそうだが、急に覚醒するような感覚があり、気づくと石室の中に立っていたようだ。

それから石室の中や周辺を見て回り、己が魂だけの存在であることと、生前の記憶がないことを自覚したらしい。

自身の記憶を求め、テンエンはこの地を離れて旅に出ようとも考えたようだが、なぜか『天墓』の周りにしか行けないのだという。

「なるほど……」

〈余としては、今の状態はとても気持ちが悪い。どこか遠くに行けるわけでもなく、何ができるわけでもない。話し相手もいなかったのでな〉

普通に人の中にまぎれて過ごしても、幽鬼は肉体を持たないので、人と同じようには暮らせない。

何もすることがなく、ただ無為に時間をやり過ごすのは、苦痛だろう。

「でも、記憶がないとあなたの魂を〝気〟の流れに還すのは難しいかもしれません」

珠華は自身の記憶を辿る。

人は皆、死ねばその肉体は土に還り、魂は融けて〝気〟の流れに還る。それが世の中を巡り巡って、また違う命に生まれ変わるのである。

幽鬼となり〝気〟の流れに還れずにいるのは、何らかの原因で魂がその形を保ったまま、世界に縛り付けられている状態だ。

それは、魂が〝気〟の流れに還るのを妨害する呪詛のせいだったり、生前の出来事がきっかけで強い思念が死後も残ってしまい、魂が融けぬままになっているせいだったり。

ともかく、その原因を取り除かなければ、正常に〝気〟の流れに還すのは難しい。

「見たところ、呪詛が働いている感じでもないですし、たぶん、生前の心残りがあるんでしょう。だから、その心残りが何なのか思い出して、あなた自身が納得しないと」

　珠華の説明に、テンエンはなるほど、と首を縦に振る。

〈しかしな、余は自分がどこの誰かもわからないわけで……〉

　再度、珠華と白焔は微妙な面持ちで、ちらり、ちらり、と視線を投げ合う。

　白焔とそっくりの顔、そして『テンエン』という名前。ありえない、とは思うのだが、これではないか？　という疑いがある。

「……偶然、他人の空似、という可能性もあるだろうが」

　白焔は小声で言葉を濁した。

　確かに顔と名前、この二点だけで決めつけるのは早計だろう。だが、話してみれば本人も何か思い出すかもしれない。

「テンエンさん」

　意を決して、珠華はテンエンに告げる。

〈何か？〉

「あなたはもしかして、陵国を建国した皇帝、劉天淵ではありませんか？」

　劉天淵。歴代の皇帝の中で最も有名で、その勇気と偉業とを讃えられた、陵の太祖。

　当然だが、今の劉家は劉天淵の時代から脈々と受け継がれてきた、太祖の子孫だ。

つまり、白焰も劉天淵の子孫の一人であり、先祖返りと考えれば顔が似る可能性は高い。

そして、テンエンという名前はもう、言うまでもない。

付け加えるならば、余、という一人称。白焰は使っていないが、皇帝や王に許されたものだ。今、これを自然に使っているということは、生前も使っていたはず。

(だけど、おかしいところもある)

劉天淵の墓所と廟は、代々の皇帝の墓所と同じ場所にちゃんとある。墓所の場所は離領ではなく、黄領だ。ゆえに、こんな場所でさまよっているのは不自然である、ということ。

あるいは、テンエンが『天墓』から動けないのは『天墓』にテンエンの遺骸が葬られたからに違いないが、だとすると、誰かが劉天淵の遺骸を黄領の墓所から此処に動かしたことになる。

また、劉天淵が崩御したのは千年近くも前の話だ。今さら、その魂が迷い出てくるのもおかしい。

そして、これらはすべて、テンエンの言が正しければ、という前提の上に成り立つ論である。テンエンが悪意を以て敵意をこちらに隠し、騙そうとしているなら、その限りではない。

〈余が皇帝……？〉

テンエンは呆然としてから、腕を組み、首を捻る。

「何か、思い出しますか？」

ううむ、としばし思案し、けれども結局、残念そうにかぶりを振る。

〈何も。ただ、『天淵』という名はしっくりくる。この字だったかもしれないな〉

今ひとつ、ぴんときていないようだ。

すると、サンが珠華の肩の上で「珠華さま、珠華さま」と囀る。

「どうしたの？」

「変ですよ。……幽鬼が目撃されたのは、この周辺と中心街の二か所。でも、テンエンは中心街のほうへは行けません」

はっとした。そうだ、テンエンは『天墓』から離れられないと言っていた。『天墓』付近の目撃情報はテンエンが原因だったかもしれないが、では中心街のほうの目撃情報は、いったい。

「つかぬことをお訊きしますが、テンエンさんはこの街の中心街のほうへは？」

珠華が訊けば、テンエンはぱちくりと目を瞬かせた。

〈行っていない。というか、行けないが〉

彼によると、行ける範囲は本当に狭く、石室の辺りから目視できるくらいの距離に留まるようだ。

　中心街は主に、栄安市の門から続く杏黍宮大通りとその周辺を指すが、此処からは少し離れている。

　テンエンの行動可能範囲には含まれない。

「では、もう一体、幽鬼が他にいるかもしれないということだな」

　なぜか、声を弾ませて言う白焰を、珠華は睨む。

「楽しそうにしないでください。どうするんですか、星の大祭までに解決できなかったら」

　テンエンという謎まで増え、幽鬼の問題も新たに発覚。テンエンを見つけた時点でこの件は解決かと安堵したのに、逆に仕事は増えて、解決は遠のいた。

　まさか、ただの見間違いでなく本物の幽鬼までいる上に、これほどややこしい案件だとは想像していなかった。

　テンエンを滅していいのなら話は簡単だが、悪鬼でもないのに幽鬼を滅するのは、まじない師にとって人殺しと同じくらいの罪だ。

　頭を抱えると、白焰が背中にそっと触れてきた。

「大丈夫だ。自信を持て」

「……私が失敗したら、困るのは白焰様ですよ」

「——重荷か？」

端的な、問いだった。

珠華は隣にいる、この国で最も貴い男を見上げた。よもや、白焔からそんなことを訊かれるとは思わなかったのだ。

だって、白焔はいつも自信に溢れていて、珠華自身よりも珠華のことを信じているような頓珍漢な男だから。

驚きながら、自問する。

今回の依頼は珠華にとって重荷だったのだろうか。白焔の今後にかかわるかもしれない、そんな局面で仕事を任されて。

「いいえ」

答えは、否だ。

いろいろと偶然が重なって引き受けることになった依頼だが、珠華は珠華にできることを引き受けただけで、それは重荷でも重責でもなかった。

少し心細くなっていただけだ。いくら片付けても、問題が次から次へ出てきそうだったから。

「そうか」

珠華の返答に、白焔はほっとした表情で微笑んだ。

「……もし私が是と答えたら、どうするつもりだったんです？」

「そなたを解放しようと考えていた。俺としては、そなたほどのまじない師に仕事を任せられないのは残念だが、仕方ない。俺は何より、そなたに笑っていてほしい。そなたの笑顔を守るほうが大事だからな」

あっけらかんととんでもないことを言い放つ白焔を、珠華は瞠目して見つめた。

まじない師としてよりも、珠華に笑っていてほしい。だとしたら、白焔が必要としているのはまじない師としての珠華と、それ以上に——。

彼の真意を察してしまうと、羞恥心で胸の内が埋め尽くされて言葉が出てこない。

(それって、つまり……つまり)

確認する勇気は、ない。こんなことを訊き返すなんて、馬鹿みたいだ。

「……もう、夜が明ける。戻るぞ、珠華」

白焔に促され、帰路につく。しかし、杏黍宮に戻る道中、珠華は一度も白焔の顔をまともに見られなかった。

三　まじない師は少女と会う

離領の初夏は、武陽で育った珠華にとっては盛夏と変わりない。要は、とても日差しが強く、うだるような暑さだった。

珠華は杏黍宮の一角、木や草花が植えられた庭の木陰に座り込んでいた。

「暑い……」

深夜に行動しなくてはならない珠華は、一応、女官という身分ではあるが、梅花によって部屋でのんびりとしていても問題ないのだが、何しろ部屋が暑い。風が通らず、蒸し焼きのようになる部屋に籠ってなどいられなかった。

厳密にいえば、初夏というよりはそろそろ真夏に差し掛かる頃だが、武陽の夏の暑さはこんなに酷くない。

しかも、陵の南方は湿気ている。水分が多いのは、森林や田畑などにはいいのだろうが、人間には蒸し暑くてかなわない。

「ご主人様ー、大丈夫？」

「今のところは、なんとか大丈夫よ……」

発した言葉さえ、まるで暑さでぐったりとしているようだ。

傍らで寝転がっているロウは「そっかー」と覇気のない返事。サンは小鳥の姿で、嘴（くちばし）を使い、自分の羽を整えている。

文成は宴の片づけなどに駆り出されているようで、今日はとんと姿を見かけない。

昨晩は夜が明ける前に杏黍宮に戻り、朝遅くまで休んだ。だが、そのあとは暑くて寝ていられず、風通しのいいこの庭まで逃げてきたのだった。

庭は小川が流れており、屋内よりもいくらか涼しい。

杏黍宮の端で、ちょうど高貴な人物も下働きの者たちも滅多に通らない穴場らしく、静かなのも珠華には心地よかった。

知らない土地、知らない人々。

新たな人間関係を築きたいと願うのは、今までの人生で迫害ばかりだった珠華には難しい。

それより目下、脳内を占めているのは白焔の昨晩の発言の意味は何か、である。

（しっかりしなさい、珠華。白焔様があなたをどう思っているかなんて、考えるまでもない話でしょう）

もう何度も自分に言い聞かせている。

珠華が白焔をどう思い、白焔が珠華をどう思っていようとも。それは意味のないことだ。

皇帝と、孤児の庶民。その二人の間には、何も起こりえないのだから。

陵の歴史上において、庶民の女性が皇帝に気に入られ、皇后の座についた例は珍しくない。数えたことはないが、両手の指の数くらいはたぶん例がある。

だが、それらはどれも、後宮があった時代のこと。

白焔は後宮を廃そうとしている。すなわち、皇帝一人に后も一人。たった一枠の后の座に庶民が就くとなれば、話は変わってくる。

(馬鹿らしい。だから、私と白焔様の間には何もないし、これからも何も起こらないわ。うぬぼれないで、私)

座り込んだまま、木の幹にもたれかかる。ざらり、とした肌触りは、今の珠華の気持ちを表しているかのようだった。

「だいたい、私はあの方を何とも思ってないんだから」

白焔は仕事上の理解者であり、協力者というだけだ。珠華とて白焔の人柄は好ましいし、頼もしいと感じているが、好きとか嫌いとかそういう関係ではない。

おまけに、この大事な時期。余計なことを考えている暇はない。

テンエンの謎とその対処、中心街に出たという幽鬼の正体、そして——。

「ああ、いたいた。珠華さん。捜したよ」

そう言いながら、珠華のほうに早足で寄ってきたのは、侍女を一人だけ伴った梅花と、見知らぬ男性だった。

男性は若く、精悍な顔立ちでまあまあ鍛えていそうな身体つきだが、どうやら怪我をしているらしい。

片足を引きずるように歩き、片腕は布で固定し、首から吊っていた。骨折だろうか。

梅花は相変わらず、妃にあるまじき軽装だが、今はそれが涼しそうで羨ましい。

「よく見つけたね。こんな人気のない場所」

感心した様子で梅花が言うので、珠華は首を左右に振った。

「涼しそうな気配に誘われて、偶然たどり着いただけです。……すみません、捜させてしまって」

「いい、いい。どうせ私だって、今日の茶会の時間までは暇だったから」

茶会だって、本当は堅苦しくて腹の探り合いをしなければならないし、好きじゃない。梅花はそう、うんざりしたようにため息を吐く。

「それで、こちらの方は？」

梅花の斜め後ろに控えた青年。

控えた、とはいっても、身分は高そうだ。服は高価そうだし、それをこの杏黍宮の中で適当に着崩しても許される立場というと、限られてくる。

青年は、日に焼けた小麦色の肌をし、凛と整った容貌をしていた。

珠華の問いに、梅花は一つうなずく。

「こちらは、赤家の三男で、赤士昌。あなたが調べている幽鬼の件で、唯一の負傷者、ということになる」

「どうも」

青年――士昌は、柔らかく相好を崩す。

人当たりがよさそうな、爽やかで感じのいい雰囲気だ。実に、万人に受ける好印象である。

「騙されないことだ。この人は仕事をしないで飲んだくれている、だらしのない男だから」

すぐに梅花から注意が入った。ところが、これには士昌のほうも不満そうだ。

「そんなことないじゃん。嘘はよくない」

「何が嘘だ。昔から変わらないくせに」

どうやら、梅花と士昌は以前からの知り合いのようだ。

赤家と、離領内の有力貴族である楊家なら、縁戚関係もあるだろうし、交流ももちろんあっただろうから不思議ではない。

しかし、仕事をせずにふらついている古なじみというと、珠華の脳裏には幼馴染の子軌の顔が浮かぶ。

今頃、ちゃんと家の手伝いをしているだろうか――いや、ほぼ確実にしていないだろう。離れていても容易に想像がつく。

「それで、お二方はどういう用でしょう？」

「ああ。……まあ、士昌様のことは、幽鬼についての証言者が必要かと思って連れてきただけなんだけれど」

梅花が軽く目配せすると、士昌が口を開く。

「情けない話でしかない。幽鬼退治に出かけて、中心街で変な影に遭遇した。それを追って、街の外れのほうまで行って、慌てていたら階段から落ちたってだけで」

士昌は、赤家の男にあるまじき失態だと顔をしかめる。

彼の証言の通りなら、幽鬼が直接、人に怪我をさせたわけではないようだ。

ただ、気になることが一つ。

「中心街から……街の外れとは、どの辺りです？」

「……暗かったし、正確ではないが、『天墓』のある方角だったな」

ということは、脅かしたのはテンエンだろうか。

だが、士昌は中心街から追ったといった。テンエンが中心街には近づけないらしい以上、他の何かに襲われたと考えるべきだ。

まったくもって、ややこしい。

「幽鬼は、追いかけているときは、白いもやもやとした影……いや、小さな女の子みたいに見えたな。気のせいかもしれないが、銀の髪で、全身真っ白な。で、階段から落ちる瞬間に見えたのは、若い男の顔だった。おれと同い年くらいかも。青白くて、古い感じの服装の男」

——テンエンだ。

士昌の言っている青年は、テンエンの特徴と一致する。

では、最初の中心街にいたのは謎の少女の幽鬼で、追いかけている途中でテンエンと入れ替わった、ということだろうか。

少女の幽鬼が出るなんて初耳だ。

ほとんどの目撃情報は、白い影や靄のように見えた、というものだったと珠華は聞いている。

（ああもう、本当にややこしい）

聞けば聞くほど、考えれば考えるほど、頭の中でこんがらがっていく。

頭痛がしてくるのを堪えながら、珠華は士昌に礼を述べる。

「ありがとうございます。参考になりました。……ちょっと、よくわからないことも増えましたが。でも、たぶん役に立つ情報です」

珠華が言うと、梅花がすまなそうに眉尻を下げた。

「我が南領のことで手間をかけさせて、申し訳ない」

「いいえ。仕事ですから」

手間は手間だが、物は言いようだ。やりがいがあると言い換えることもできる。それに、仕事のことを考えていれば、余計な私情に思考を割かなくて済む。梅花には言えないが、珠華にはそれがありがたかった。

士昌は証言を終えると、用があると言って、歩きにくそうに屋内に戻っていった。

一方、梅花は珠華の座っている場所の近くにある、日陰の庭石の上に腰かける。

「ごめん、慌ただしくて。──幽鬼のほうは、どうにかなりそうかな？」

「わかりません。どんどん謎が増えていく気がします」

現時点では何がどうなっているのか、不明な点が多すぎて推理も推測もあったものではないのは確かだ。

だいたい、テンエンの存在が謎だらけであるせいな気もするけれど。

ともかく今晩は中心街を見て回る必要がある。

「そう。では、私のほうの用件を言わせてもらう。謎を増やすようで申し訳ないんだけれど、陛下に報告したら、あなたにも情報を共有するようにと言われてね。ちょうど人もいないし、いいかな？　あまり聞かれたくない話だから」

「はい、構いません」

梅花から、ということは、楊家や赤家の伝手で手に入った情報だろう。だが、何か調べなければならないようなことがあっただろうか、と珠華は首を傾げる。

「この栄安市にある墓所から、指環が盗まれた件なんだけれど」

それを聞くと同時に、「あ」と声の漏れた口元に手を当てる。

すっかり忘れていたが、そうだった。元はといえば、そのこともあって今回の依頼を受けることにしたのだ。

男は、珠華の持つ水晶の指環を『栄安市の墓から盗んだ』と言ったのだ。

「数日前に、赤家に協力してもらって星姫の墓所と『天墓』を確認した。結果、どうも『天墓』に侵入された形跡があって、あったはずの指環が盗まれていた」

昨晩見た石室を思い出す。

出入り口は石で塞がれていたが、その石さえどかせれば、侵入は可能だろう。武陽で捕まえた男は体格もよかったし、石を動かす力があっても不思議ではない。

ということは、男が指環を盗んだ墓というのは、星姫の墓所ではなく『天墓』のことだったのだ。

「それから、盗まれたあとの水晶の指環が、どうやって陛下への献上品になったのか。

これは陛下がお調べになった情報を共有させてもらうけれど――まず献上品として差し出したのは、北領の何家だったらしい」

北領――『朔領』の貴族である何家。前回の後宮の一件で珠華と一悶着あった、何桃醂の実家である。

桃醂の、艶やかな笑みが思い出される。

白焔に呪いをかけた当の本人が彼女だったはずだが、呪いを浄化するための指環を彼女の実家が献上していたのは、とんだ偶然というべきか。

「で、何家は東領の貴族、陶家から指環を買ったらしい。陶家は今、娘が後宮に妃として残っているけれど、珠華さんは知っている？」

「はい」

梅花の問いかけに、ゆっくりと首肯する。

珠華が後宮にいた際、梅花と同様に特に交流のなかった妃だ。名前と顔くらいしかわからないが、知ってはいる。

南の離領における楊家、北の朔領における何家と同じく、陶家は東の日昇領の中位貴族である。中位貴族出身の妃が多いのは、劉家と四王家の力の均衡を崩さないためだと言われている。

白焔の母も確か、黄領の一角を治める中位貴族出身だったはずだ。

「『天墓』から指環を盗み出すように指示したのは、東領に縁のある人物ではないかと陛下は睨んでいるみたいだね」

また、あらぬ方向からの話だった。

内容が壮大すぎて、別世界の出来事のようにしか思えない。

「ほら、噂をすれば」

梅花が目線で示した方向を見遣る。

遠くのほうの回廊をしずしずと歩く、女性ばかりの一団がある。細部まではよく見えないが、その真ん中を行く着飾った少女が、陶家出身の妃——陶瑛寿（とうえいじゅ）だろうか。

「あれが……」

少女の歩く姿は珠華が見てきた他の妃たちよりも、少々頼りなさを感じる。背中は丸まり気味で、顔もうつむきがちだ。

自信のなさが、全身から漏れ出ているような出で立ち。

無礼は承知だが、とても後宮で生き抜ける人物には思えない。

「本人は気弱な性質のようだけれど、本当のところはどうだか」

肩をすくめる梅花に、珠華は同意も否定もしなかった。

やがて、ゆっくりと回廊を進む陶家の姫一行の姿は、建物の陰に隠れて見えなくなる。

「……整理すると、東領の人間が、あのならず者の男に『天墓』から指環を盗むように指示し、陶家が指環を受け取って何家に売り、何家は買った指環を陛下に献上した、ということですか？」

「推測も交ざるけれど、そうなるね」

なんのために、そんなことを。

出かかった疑問を、珠華は黙って呑み込んだ。

陶家のことも然り、貴族の家のやりとりに庶民が首を突っ込んでもいいことはないし、そもそも首を突っ込める立場にはない。

珠華が考えるべきことは、『天墓』の中に指環を返すか否か、だ。

（返したほうがいいわよね。副葬品なんだろうし）

もし『天墓』がテンエンの墓であるならば、ともに葬られていたはずの指環も彼のものだ。たとえ、白焰に献上されたものだとしても。

幸い、指環は持ってきているし、白焰には好きにしていいと言われている。

「『天墓』に私も入りたいと言ったら、入れますか？」

盗まれた指環を珠華が持っていることは、梅花も承知しているのだろう。理由は訊かれなかった。

「問題ないよ。もともと出入り口さえなんとかしてしまえば、誰でも入れるようにしてあるんだし、入る分には特に罪などにも問われないから」

「よかったです」

珠華はほっと胸を撫で下ろした。

返しに行くのは早いほうがいいだろう。どうせ今日も深夜に出かけるのだから、中心街で張り込む前に早めに『天墓』に行ってきてもいいかもしれない。

今晩もまた忙しくなりそうだと、珠華は暑さの中、ぐったりと木の幹に寄りかかった。


杏黍宮内の人の気配が次第に少なくなり、窓から見下ろした街の明かりがすっかり減ってしまった夜。

珠華は昨晩と同じく、サンとロウを連れ、裏口からそっと杏黍宮を抜け出した。

「珠華さま、今日はまずどちらへ？」

肩の上にとまったサンが問うてくる。

「先に『天墓』かしら」

「では、俺も同行しよう」

男の声が突如として聞こえても、もう珠華は驚かなかった。振り返ると、薄手の外衣を身に纏い、全身を覆った白焔がしたり顔で立っている。

「……白焔様」

珠華は目を合わせづらく、つい斜め下に目線を落としてしまう。赤面はしていないと思いたい。

が、気まずい思いをしているのは珠華だけのようで、白焔は迷いのない足取りで近づいてきた。

どく、どく、と心臓の鼓動が、いつもより速く感じる。

「案ずるな。取って食いはしない」

冗談めいた口調に、珠華は声を荒らげた。

「あ、当たり前です！　変なことをするようなら、やられる前にやります」

「『やります』が『殺ります』に聞こえたのは気のせいだよな……？」

やや引いたような笑みを浮かべる白焔を、ふい、と無視する。

もちろん、珠華はやると言ったらやる。足がつかないように、丹精込めて作り上げたとっておきの呪詛が発動することだろう。

暗い中、昨晩と同じ道を辿り、『天墓』に到着する。

〈おお、お前たち。今日も来たな〉

石室の前で、テンエンが、優雅な仕草で腕を組んで立っていた。珠華たちを待ち構えていたようだ。

「こんばんは、テンエンさん」

〈ああ。昨日は二人で急に痴話喧嘩のようなものを始めるから、今日は気まずくなって来ないかと思ったよ〉

　珠華は、ぐ、と言葉に詰まる。

　一歩間違えば、まったくその通りになっていただろうからだ。おまけに、幽鬼であるテンエンにまで痴話喧嘩などと評されるとは、不本意きわまりない。

「テンエン。痴話喧嘩ではないぞ。今のところは俺の一方通行だからな」

〈ほう、そうか〉

　堂々と自信満々な表情で問題発言をする白焰と、それに納得するテンエン。

　もうやめてくれ、納得するな、と珠華は叫びたい衝動に駆られた。

「ご主人様。あいつら、滅する？」

　ロウが腕の中で訊ねてくるので、ため息とともに首を横に振る。

「しなくていいわ。それより、ロウ。あなたの出番よ」

「はーい」

　ロウは腕からひょい、と地面に飛び降りると、着地と同時にいつもの少年の姿へと変化した。

　ぐっと伸びをしてから、手首と足首を回して準備運動をする。

「石室の出入り口を開けてくれる？　……いいですよね、テンエンさん」

確認すると、テンエンは不思議そうな顔をしながらもうなずく。

〈ああ。問題ないが、いったいどうするつもりだ？〉

事情を説明するには、指環のことから話さないとならない。

珠華は懐から、丁寧に手巾を使って指環を取り出した。

水晶の塊から切り出し、念入りに磨かれた指環は月光に照らされて、濡れたように淡く光る。

「この指環に見覚えはありませんか」

指環を目の前に差し出されたテンエンは、手元に寄ってきてまじまじと凝視する。

〈ううむ……ないな。なんとなく見覚えがある気もするんだが、思い出せない〉

「これを石室の中に戻します。この『天墓』から盗まれたものみたいなので」

〈盗まれたのは、いつ？〉

「ええと」

「春の初め頃だ」

間髪容れずに白焰が答えると、テンエンが〈それなら〉と口を開く。

〈余が目覚める前だろうな。たぶん直前だ。もしかしたら、それが盗まれたせいで余が目覚めた……という可能性はないだろうか〉

珠華も白焔も、これには素直に同意を示した。

昨日の夜、テンエンが春に目を覚ましてさまよっていたという話を聞いてから、もしかしたら、と考えていた可能性の一つだ。

何らかの理由で、テンエンの魂は封印に近い状態で眠っており、指環が盗まれたから――あるいは石室に侵入されたせいで、眠りから覚め、動けるようになってしまったというのは、ありえそうだ。

「珠華。指環を戻した場合、テンエンは元の状態に戻るのか？」

白焔は顎に手を遣り、疑問を口にする。

「いいえ。たぶんそれはありません。ただ指環を戻しただけでは、術は元通りにはならないので。元に戻したいなら、あらためて術を施さないと。……でも、テンエンさんをまた眠らせるのが正しい対処とは思えません」

幽鬼とは、魂の正常なあり方ではない。人に死が訪れたのなら、魂は自然の〝気〟の流れの中に還るべきだ。でないと、いつまでも新たな命として生まれることができない。

テンエン本人の意思次第だが、まじない師としては彼が〝気〟の流れに還れるように手伝うのが正しい行いだ。

「珠華、ひとまず指環を戻してみたらどうだ？　結論を出すのは、今日でなくてもいいはずだ」

「……そうですね。ロウ、お願い」

珠華の指示で、ロウはあっという間に石室の出入り口を塞いでいた大きな石を、持ち上げてしまう。

主に、怪異との戦いを想定して作った式神であるロウの膂力は、石ごとき大した障害物にはなりえない。

「ご主人様ー。どうぞ」

身振りは恭しく、口調はのんびりとしたロウに促され、珠華は身をかがめて石室に入った。

意外にも、中は広々としている。

珠華のあとに続けて入ってきた長身の白焔とテンエンも、真っ直ぐ立てるくらいに天井が高い。外から見た限りではそんなに高さはなく、出入り口付近がいくらか下っていたので、地面を掘ってあるのだろう。

内部の壁は、立派なものだった。

細かな花の意匠が壁の上下左右を囲むように彫り込まれ、彫刻がされていない箇所には、巧みな壁画で埋め尽くされている。

「これは……建国の伝説か？」

壁画を見回し、白焔が感嘆の息を漏らす。

天女のような格好をした女性と、性別も姿形もさまざまな七人の将たち。そして、悪鬼に立ち向かう男と、それに付き従う四人の臣下。

星姫と七宝将、初代皇帝、四臣。描かれている内容は明らかだ。

(不思議ね。建国のおとぎ話なんて、今までにいくらでも見聞きしたのに。この壁画はどこか新鮮に感じる……)

珠華は仕事も忘れて、見入ってしまった。

けれども、肩の上でサンがぴーぴーと鳴いて、意識を現実に引き戻された。

「珠華さま、指環、指環、指環」

「そうだったわね」

指環を戻す場所は一目瞭然だった。

中央に鎮座する石棺の頭上のほう、すなわち石室の出入り口とは反対側の、一番奥まった場所に、小さな穴の開いた石の台座がある。

「すごい。石を嵌め込むために、こんな穴を開けたの？　壁画といい、手の込んだお墓ね……」

凝り具合から言えば、皇帝の陵墓と大差ないだろう。

台座の前まで来ると、小さく開いた穴の周りに、何か文字が彫ってあるのが見て取れた。

「何か書いてあるな」

脇から珠華の手元をのぞき込んだ白焔が呟く。

文字は細かく彫られているが、さほど長い文章ではない。だが、表記が古い。ぱっと見たところでは、それこそ千年前の木簡などに残る文章と似た印象を受ける。

「俺も読めないことはないが……これは『哀れなる』――」

「『哀れなる天子此処に眠る』、ですね」

古語を読むのに慣れた珠華は、さらりと解読してみせる。

さして難しい文でなくてよかった、と心から安堵した。これで読めない暗号の類や異国の言葉であったなら、また謎が増えかねなかった。

〈後半はいいとして、『哀れなる天子』……とは、『悲劇の皇帝』といったような意図で書かれたのだろうか〉

テンエンの疑問はもっともで、悩ましいところだ。

俗に、後世に悲劇の皇帝と称される者は何人かいる。志半ばで病に倒れた者や、幼くして即位したものの傀儡となって早死にした者、逆賊に暗殺された者、臣下に朝廷を牛耳られた挙句に汚名を着せられた者など、枚挙にいとまがない。

ただ、この文言が彼らのうちの誰かを指すものなのか、それはわからない。

珠華はテンエンに返す、明確な答えを持っていなかった。

「だが、これで此処に葬られているのが歴代の皇帝のうちの誰かだとはっきりしたな」

「……そうですね。こんなところに嘘を記す意味なんてないですし」

白焔の分析に、珠華も賛同する。

石造りの台座に開けられた穴に、水晶でできた指環を嵌め込む。ようやく元の場所に返せた、とほっとすると同時に、このままにしておいたらまた盗まれやしないかと、少し不安になった。

けれど、驚くほど穴は指環の大きさにぴったりで、やはりあるべきところは此処なのだと思わされる。

「テンエン。どこか、変わったところは？」

白焔に訊ねられ、テンエンは自身の身体を見下ろした。

〈ないな。何も思い出さないし、眠くもならん〉

やはり、まじないであるなら、また施し直さないと元には戻らない。おそらく、指環は媒介でしかないのだろう。

珠華は指環を台座に嵌めることで、指環にまた神気の輝きが戻るのではないかと密かに期待していたが、それもなかった。

（ますます謎だわ……どうして後宮の騒動でのあのとき、急に指環に神気が宿ったのか）

研究の余地はあるが、指環を戻してしまったらそれもままならない。

けれども、この墓所が真実、初代皇帝のものであるなら、この指環が本物の七宝将の指環である可能性も高くなる。

指環の伝説の信憑性が高まっただけでも、相当な発見だ。

「珠華、早く出るぞ。此処で油を売っていては、もう一体の幽鬼を捜す時間がなくなる」

そうだった。ぐずぐずなんてしていられない。

二人の人間と二匹の式神、そして一体の幽鬼は、そそくさと石室から脱出した。

「ご主人様、塞ぐねー」

「ええ、お願い」

ロウが再び石の塊を軽々と持ち上げ、石室の出入り口を塞ぐ。

珠華は気休め程度ではあるが、その石の表面に『人除け』の呪符を貼りつけておいた。また指環を盗まれては困る。

〈お前たち、もう一体の幽鬼を捜しているのか？〉

ふと、テンエンが言うので、珠華は彼のほうを振り返った。

「そうですけど、何か心当たりでも？」

〈ああ、お前たちの言う中心街からこの近くまで、怪しい奴が夜になると歩き回っているのは事実だな〉

「本当にいるんですか!?」

〈いるいる。何かを捜しているふうな、長い銀髪をした真っ白な少女だったが〉

頼られて気をよくしたのか、得意げに話すテンエン。

だが、これでこちらもはっきりする。テンエンの証言と、今回の件で唯一の負傷者である士昌の証言が一致した。

中心街に、少女の幽鬼が出る。ほぼ確定だ。

「長い銀髪の少女……全身が真っ白……」

まるで、自分のことのようだと珠華は思う。

無論、自分の髪は銀髪なんて大層なものではないが、髪が白く、肌が白い自分も特徴を他人に語らせれば、同じような表現になるに違いない。

「テンエンさん。階段から落ちた青年のことは覚えていますか？」

〈階段から……ああ。あの男は最初、少女の幽鬼を追っていたんだが、途中で逃げる幽鬼の前に出ようと抜け道を使っていた。そこで道順を勘違いしていたんだろうな、彼の目の前にいたのは余で、階段から足を踏み外して落ちていった〉

「なるほど」

謎が一つ、あっさりと解けた。

あとは、その少女の幽鬼とやらを捕まえるなり、退治するなりすればすべて解決だが――。

背筋に、ぞ、と寒気が走った。

白焔も何かを感じ取ったのか、素人の珠華でも肌が粟立つほどの殺気を漂わせ、腰の大刀に手をかける。

「何者だ」

鋭い誰何の声を白焔が発し、そちらを振り返る。

息を呑んだ。

一目見て、美しいと、感服や驚嘆の入り交じった震えが、胸を走る。それほどまでの、現実離れした美しさだった。

珠華たちからやや離れたところに立っていたのは、小柄な少女、だった。

純銀を紡いだ糸のごとき銀髪は月光を反射して、きらきらと星屑を散らしたよう。満月色の瞳は長い睫毛に囲まれ、真っ白の肌は透き通って暗闇に浮かび上がる。

少女は、珠華の腰辺りまでしか身長がなく、さらりとした白銀の衣に金糸の刺繍を施した、見たことのない服を着ていた。

「──あなた、たち」

眉の一つも動かさず、無表情を崩さぬまま、少女は桜貝に似た小さな唇を動かし、たどたどしい音を奏でる。

あれは、幽鬼か。違う、あれは。何か、違う。

次に奏でられる言葉は何かと身構える一同を前に、少女は、

「おなか、へった……」

と、腹の虫を鳴らしながら控えめに訴えたのだった。

滑らかな、傷一つ、ささくれ一つない純白の繊手(せんしゅ)が、一つ、また一つと狐色に焼かれた菓子を摘まんでは、口元に運ぶことを繰り返す。

珠華と式神たち、そして白焔は、空腹を訴えてきた正体不明の少女を連れ、杏黍宮に戻っていた。

警備が厳重な白焔の部屋ではまずいので、今は珠華の部屋に集まっている。

夜中に叩き起こされた文成が、眠そうな目をしょぼしょぼとさせながら、次から次へと空になる菓子皿を下げては上げ、下げては上げている。

「あなたの名前は？」

「銀玉(ぎんぎょく)」

珠華の質問に対する少女の回答は、ひどく淡々としたものだ。

「……あなた、幽鬼ではないわよね？」

「うん」

「でも、幽鬼と勘違いされていたんじゃない？」

「うん」

端的に答えながら、少女――銀玉は菓子を口に含み、咀嚼して呑み込むと、再び菓子に手を伸ばす。

甘党の文成が、明らかに羨ましそうに銀玉を見ている。

銀玉は、幽鬼ではない。珠華は最初に彼女の姿を見たときから確信していた。

幽鬼は魂だけの存在ゆえに異質で、すぐにわかる。けれども、銀玉は小柄で全体的に白っぽいので、暗闇の中で白い小さな影に見えて人魂の類かと勘違いされただけで、肉体はちゃんとあったからだ。

とはいえ、彼女がひどく浮いた存在であることも確かだった。それは、外見の並外れた美しさだけではなく。

(すごく、清らかで、澄んだ〝気〟を感じる。あの指環の神気に似た)

只人ではない。これだけは、言い切れる。

「どこから来たの？」

「山」

「ど、どこの……？」

「知らない」

まるで要領を得ない会話になってきた。

銀玉は詳しく語るつもりがまったくないらしく、何を訊いてもほぼ単語でしか返ってこない。

「そなた、何者だ？」

白焔が、銀玉に向かっていきなり核心をつく問いを投げかける。

訊きたいのは珠華もやまやまだったが、急に訊く内容でもないかも、と避けていたのに。さすが皇帝陛下といったところだろうか。遠慮などというものは、さっぱりないようだ。

ぴた、と菓子皿に伸びた銀玉の手が止まる。

「言わない」

銀の睫毛に覆われた眦が、微かに不機嫌そうに鋭くなったと感じるのは、考えすぎだろうか。

「言えない、ではなく、言わない、なのだな」

白焔が呟くと、菓子を摘まむ手が再び動き出す。

すると、文成が唐突に挙手をした。

「あの、この女の子はいったいどちら様なのでしょうか！」

そこでようやく、珠華たちは、文成に何も説明しないまま菓子だけ用意させてしまっていたことに気づいた。

けれども何か言う前に、なぜか銀玉本人が口を開く。

「……妾（わたし）、此処にいる」

「ええ⁉」

勝手に決められても困る。

もちろん、幽鬼ではなかったとはいえ、噂の元になっていて、しかも子どもの銀玉をいい加減に放置するなどできない。が、身元のあやふやな彼女をこの杏黍宮に匿（かくま）うのも無理がある。

どうしよう、とうろたえる珠華に、白焰が助け舟を出した。

「いいだろう。好きなだけ、此処にいるがよい」

天下の皇帝陛下は、不敵な笑みを浮かべている。銀玉の存在やその言動を、完全に楽しんでいる様子だ。

（そりゃあ、皇帝陛下がいいって言えば、誰も否とは言えないけど）

本当にいいのだろうか。

ただでさえ、皇帝も妃も勢ぞろいしていて、杏黍宮に勤める者や赤家には負担だろうに、銀玉のような、どんな火種になるかもわからない者を置いておいても。

「ただし、珠華のそばから離れず、余計な面倒ごとは起こすなよ」

「わかった。……ありがとう」

銀玉は素直にうなずいて感謝を述べ、もぐもぐと口を動かす。

「白焔様、本当にいいんですか？」

「構わん。誰かに見咎められたら、俺の許可を得ていると言え」

言い知れぬ、ざわざわとしたこの予感は、何なのだろう。

幽鬼の件はこれで解決したはずだ。巷（ちまた）を騒がせていたテンエンにはなるべく動き回らないように言ってあるし、こうしてもう一人の原因である銀玉はあっさりと捕まえられた。

本来なら、あとは祭りを楽しもうという気持ちになってもいいはずで、そのつもりでいたのに。

珠華は無意識に、嘆息していた。

四　まじない師は指環の真実を知る

いよいよ、星の大祭の当日も迫りつつあり、不穏な噂などなかったかのように、大勢の人間が連日、祭儀の準備に追われている。

珠華も幽鬼の件が一段落したため、一人だけ手伝わないのも気が引けて、今は梅花にくっついて侍女の真似事をしていた。

といっても、妃付きの侍女は普段通りの妃の世話と、妃の衣装や装飾品などを用意し、当日の流れを確認するくらいしかすることがない。

珠華の役目はもっぱら梅花の話し相手だ。

「すみません。手伝えることが全然なくて……」

梅花の居室でどうにも居たたまれずに珠華が言うと、梅花は気にしたふうもなく笑う。

「いいよ。もともと侍女としてあなたを連れてきたわけではないし」

現在、梅花はこの後の妃同士の晩餐のため、祭儀の当日ほどではないだろうものの、豪奢な薄紅の単衣（ひとえ）を着付けている。

ただでさえ暑いのに、たまらなくならないのだろうか。

ずいぶんと涼しい顔をしている梅花に、珠華は感心してしまう。

「それに、あなたがいると飽きないから」

梅花の目線は、長椅子の上でごろごろと寝転がりながら何やら書物を読んでいる銀玉と、それぞれ猫と小鳥の姿になっているロウとサンがじゃれ合い、それになぜか巻き込まれている文成を眺めている。

銀玉は静かだが、ロウとサンは、うにゃうにゃ、ぴぴーと爪と嘴とで戦っており、しかも巻き込まれて引っ掻かれたりつつかれたりする文成が「ぎゃ」とか「ひえっ」とか悲鳴を上げるので、実に騒々しい。

あの二匹の式神の喧嘩はもはや止める気にもならない。止めたところで、くだらない理由で何度もいがみ合うし、容易には止まらないと主人である珠華は承知している。

「……すみません、うるさくて」

「賑やかでいいじゃない」

やはり梅花は器が大きい。杏黍宮に数日滞在してみてわかったが、離領の人々も梅花のようにたいそうおおらかで、細かいことはあまり気にしないようだ。

銀玉の存在も、すんなり受け入れられてしまった。

珠華は人前に出るときなるべく布帛を被るようにしているが、今のところ誤って白髪や赤目が見えてしまっても、何か言われたことはない。

せいぜい、奇異なものに向ける目でやや凝視されるくらいだ。

このまま離領の民になってしまおうか、と考えてしまうほど、意外にも心穏やかに過ごせている。

たまに感じる〝気〟の流れも、武陽と比べて穏やかで寛容の色が濃い。

ただ、これは今が星の大祭の期間であり、余所者も多く流入していて地元の民もそういうものだと許しているから、という理由もあるだろう。この地で暮らすとなれば、また違ってくるはずで、そう簡単に居場所を獲得することはできない。

嫌というほど、珠華は承知している。

「銀玉ちゃん、何を読んでいるの？」

梅花が訊ね、銀玉がその金色の双眸を書物から離す。

「……歴史書。比較的、新しい」

やはり、誰と会話をしていても、彼女の口調はたどたどしい。話したくないからではなく、元よりそういう話し方なのだろう。

「へえ……文字を読めるんだね」

「読める。本、人の子の世界のことが、よくわかる」

なんとなく気になる言い回しだ。『人の子』というと、銀玉自身は『人の子』ではないように聞こえる。

ぼんやりと考えている珠華をよそに、梅花は銀玉と根気よく言葉を交わしていた。

「銀玉ちゃんは、どこから来たの？」

「山」

覚えのあるやりとりが繰り返され、珠華は少し笑ってしまう。だが、次の質問に対する答えは無視できないものだった。

「それなら、どうして一人で栄安市に？　祭りを見に来たの？」

「違う」

銀玉はぶんぶんと首を横に振り、わずかに逡巡してから答えた。

「指環。盗まれたから……気になった」

え、と梅花に珠華、そして喧嘩をしていたはずの式神二匹と、文成の視線がいっせいに銀玉に釘付けになる。

全員が面を食らい、唖然とする中、銀玉だけが表情を微塵（みじん）も動かさず、首を傾げている。

「どうしたの？」

「だって、どうしたも何も……」

指環が盗まれたから。

この文言から、どうしても『天墓』から盗まれた水晶の指環を連想してしまう。

けれど、それ以上は銀玉も話す気はないらしく、再び書物に目を落とす。

「ぎ、銀玉。指環って——」

珠華が訊ねようとした瞬間、運悪く、部屋に来客があることを知らせる梅花の侍女の声が聞こえた。

しかも、梅花が返事をするよりも早く、来客が居室に顔を出す。

「珠華」

白皙の美貌と艶やかな黒髪、そして鮮烈な翠の瞳。珠華の名を呼んだのは、まごうかたなき、陵国皇帝である劉白焔だった。

どうしてこうも、この男は間が悪いのか。信じられない。

さすがの白焔も室内の微妙な空気を察したのか、不思議そうな顔で珠華たちを見回した。

「どうかしたか？」

「過去最悪に間が悪いです。白焔様」

たぶん、珠華があのまま銀玉に訊ねても、彼女は答えてくれなかっただろう。

だが、もしかしたら重要な情報を聞き出せたかと思うと、白焔に八つ当たりしたくなってしまう。

「よくわからぬが、悪かった」

「……悪かった、で済んだら、衛兵はいらないんですよ」

「そんなに怒っているのか!?」

ぎょっと目を剝く白焔に少し溜飲が下がった珠華は、努めて冷静に息を吐く。

「それで、どのような用ですか」

「ああ、そうだった。……その、な、ええと」

まったくらしくなく、白焔はもじもじと煮え切らない。右へ左へと視線をさまよわせ、わずかに焦っている気配もある。

言いたいことがあるなら、さっさとはっきり言ってほしい。

「その、だな。珠華。……茶でも、飲まないか？」

まったく予想していなかった、突拍子もない提案に、珠華はずっこけそうになった。

何やら生温い視線を梅花や文成から向けられつつ、珠華は肩の上に乗せたサンだけを連れ、梅花の部屋をあとにする。

白焔は移動している最中まったく口を開かない。

（……二人で、なんて、まだ私の心の準備が）

思い出される、白焔の問題発言の数々。

なんとなく、うやむやな雰囲気で誤魔化していたが、二人になるともう誤魔化しはきかない。

白焔は、どういうつもりなのだろう。

放蕩な貴族の青年風の、いたって軽く、目立たない服装で珠華の斜め前を歩く、広い背中を見上げた。

緩くまとめてある黒髪が、歩を進めるたび、さらり、と揺れる。

美しく手入れされたその滑らかな長髪を目にするたび、珠華が自分と白焔との間に見えない壁を感じていることをきっと彼は知らない。

身も心も、距離が近づくほど、躊躇いを感じざるをえないことも。

「どこへ、行くんです？」

問うても、白焔は歩みを止めず、振り返りもしない。ただ、

「もう少しだ」

と言うだけだった。

彼から行き先を聞き出すのをあきらめ、しばらく歩いていると、到着したのは珠華がよく休憩に使っている、あの人気のない日陰の庭だった。

肩に止まっていたサンが、すぐにお気に入りの木の枝まで飛んでいく。

「この庭……」

「悪いな、茶でなくて」

そう言ってこちらを振り向いた白焰の顔色が少し良くないことに、珠華は初めて気づいた。

いつも朗らかに、自信に満ちた笑みを絶やさない彼だから、すぐには気づけなかったのだ。

「いいです。お茶なんて、いりません。休みましょう」

珠華は意を決して木陰まで歩いていくと、先に草の上に腰を下ろし、膝を平らにして手招きする。

「白焰様。早く」

珍しく呆気にとられた様子の白焰は、大人しく珠華のところまで来ると、困惑の表情を浮かべる。

「早く寝てください」

「いや、その、どうしろと」

説明させるのか、この男は。どこまで無粋なのか、いや、今は何も言うまい。

珠華はまた憎まれ口を叩きそうになるのをぐっと堪え、顔が赤くなるのを必死に我慢しながら、白焰を誘う。

「い、言わせないでください。膝枕です！」

一瞬、瞠目した白焰だったが、すぐに笑みを浮かべ直し、珠華の膝を枕にして倒れ込むように寝転がる。

やはり間近で様子をうかがうと、思ったよりもひどく顔色が悪い。

さっきまでとんでもなく暑かったのに、いつの間にか日が傾き始め、わずかにひんやりとした微風が吹いている。

さわ、と木が小さく葉擦れの音を立てた。

「いい眺めだ」

仰向けに寝ている白焰の視線は、真っ直ぐ真上――つまり、下から珠華を見上げている。

こんなときまで、ふざけるなんて。

普段通りの強気な態度が今は精一杯の強がりに思えて、胸が詰まる。

「変なこと言ってないで、少し眠ったらどうですか。……あなたは働きすぎなんですよ」

皇帝は玉座に座っているだけでは務まらない。

特に白焰はまだ若いから、積極的に動いて人に寄り添い、心を動かさねばついてこない者が多いのだ。

珠華には政治のことは、詳しくはわからない。

けれど、後宮制度の廃止を宣言するにも、こうして伝統的な祭事の注目度を利用せねば聞いてもらえず、一笑に付され受け流されてしまうのだろうということは、わかる。

まず人を振り向かせなければ、話すら聞いてもらえない。

いくら天才だ、麒麟児だと謳われても、先入観で経験が足りないまま理想論を語る、頼りないとみなされる若い皇帝は不利なのだ。

「日中は視察や執務で働き詰め、夜は私と行動しているんですから。睡眠だって満足にとれていないんでしょう」

そんな有様では、どれだけ体力があったとしても、疲れてしまう。

「だから言ったんです。私と一緒に幽鬼退治なんて、あなたの仕事じゃないって」

「そなたは怒ってばかりだな」

ふふ、と口端を吊り上げ、目を閉じる白焔を睨む。

怒ってばかりなのは、白焔のせいだ。白焔がいつも珠華の忠告も聞かず、無茶ばかりするから。

皇帝に、庶民の言うことを聞けといっても無理な相談かもしれないが。

「少し休んだら、ちゃんと部屋の寝台で寝てくださいね。今晩は私だけで出かけますから」

「幽鬼の件は片付いただろう？　まだ出かけるのか？」

白焔は閉じていた瞼(まぶた)を開け、驚きを浮かべる。

「ええ。でも、星の大祭の前に星姫の墓所も見ておきたくて。『天墓』もあのままというわけにはいきませんし」

テンエンを放置してはおけないし、何もしなければ指環はまた盗まれてしまう。『天墓』が仮に千年前から存在していたとして、千年もの間、あの指環が盗み出されず、テンエンが目覚めなかった仕掛けが何かあるはずなのだ。

それさえわかれば、最低でもテンエンに元の状態に戻るか、記憶を探すかの二択を用意できる。

むしろ、まじない師にはそこまでが限界だ。

まじない師として望まれて此処に来たからには、できる限りのことはする。珠華のまじない師としての矜持だ。

「そなたが行くなら、俺も」

「……いけません」

どうして、そこまで。湧いてきたのは、純粋な疑問だった。

皇帝はまじない師の仕事に付き合わなくていい。皇帝とは指示を出す役だ。人に命令して、上手く働かせる。采配が巧みなら名君で、下手なら暗君(あんくん)と呼ばれる。

どちらにしろ、皇帝が自ら先陣に立つのは、国の行方を左右する戦のときだけでい い。

そんなこと、幼子でも知っている。

だというのに、意地でも珠華に同行したがる白焔はいったいどういうつもりなのだろう。

珠華の疑問が表情に出ていたのか。

白焔は、ごろり、と頭を動かして向こう側を向いた。

「夜に一緒にいなければ、そなたと過ごす時間がないではないか」

「まあ、そうですね」

本来なら、二人に接点はない。白焔が近寄ってこなければ、話すどころか顔を合わせる機会すら、一生ないのが普通だ。

「それは、嫌だ。……そなたがいないと、毎日が味気ない。後宮でそなたが過ごしていたあのとき——俺は毎晩そなたに会うのが楽しみだった」

「…………」

「最後の夜、そなたに残ってほしいと言ったときもわかっていたつもりだったが、そなたがいなくなったあとに本当に思い知ったのだ」

訥々（とつとつ）と語る声音は、どこか寂しさを含んでいた。

珠華だって、後宮から燕雲のまじない屋に戻った日の夜は、あまり眠れなかった。物足りないような気がしたからだ。白焰と会話せず、すんなりと眠れるはずの夜は。

「単調で、退屈で、そなたと交わす言葉の応酬が懐かしくてたまらなかった。だから、今回のことも依頼しようと思った。もちろん、そなたのまじないの腕を見込んでもいたが」

一緒に行けば、一緒に過ごせると期待した。

白焰ははっきりとは言葉にしなかったが、続く言葉は明白だ。

「そなたは、腕を磨いて、いつか俺のまじない師になると言った。だが、それを待てなかった」

彼の独白は、あたかも告白されている気分になる。

何も言えずにいる珠華に、白焰は重たくなりかけた空気を払拭するがごとく青い顔で笑いかけた。

「……まあ、親しき友人の戯言(たわごと)と思って、聞き流してくれ」

友人か、と珠華はその単語を頭の中で反芻する。

いい落としどころだろう。それ以上は、進めないし進んではいけない。会いたいし、話したい。その感情は、親しい友人関係においても生まれうるものだ。

出会い方こそ特殊で、最初の関係こそ夫婦ではあったが、だからこそ錯覚しかけているだけ。生まれたばかりの雛が、最初に見た者を親鳥と思うのと同じこと。

白焔にとって、呪いが解けてゆくときに一番近くにいた女が珠華だったから、今だけ珠華が特別に思えるだけだ。

それをわかっているから、彼もはっきり線引きするのだろう。

何も、不自然ではなかった。

白焔の真意に近づけた気がしたが、また遠ざかる。つかず離れずの距離は、正しすぎるほど正しい。

(寂しい、なんて思うのは、いけないことよね)

友人と言われて一線を引かれたと感じるのは、距離感が適切でなかった証拠だ。

珠華は、ふ、と軽く息を吐き、心を落ち着けた。

「ええ。弱った陛下の寝言は、友人として此処だけの話にしておきます」

「やはり手厳しい」

とびきりのすまし顔を作って言った珠華に、白焔が小さく噴き出す。

わざとらしくてもいい。白焔は皇帝で、珠華をおかしな目で見ない良き理解者であり、親しい友人であり、仕事上の主人だ。

名前のついた関係がそれだけあれば、十分だ。

珠華にとっては、白焔のような人間と知り合えて、親しくなれただけで幸運なのだから。

「さて、そろそろ戻ってちゃんと睡眠をとってくださいい」

「そうしよう」

二人は何事もなかったかのように立ち上がる。

傾きかけていた夕日が徐々に落ちて、もう夜がすぐそばまで迫っていた。

珠華と白焔が揃って屋内へ入ると、どこからかサンが飛んできて珠華の肩の上に止まる。微妙な空気を察して、おそらく離れたところから見守ってくれていたのだろう。

庭への出入り口では、ロウを抱いた銀玉が立っていた。

これには珠華も驚いて、目を丸くした。

「二人とも、待っていたの？」

すると、銀玉がこっくりとうなずき、ロウは「ご主人様ー」と珠華のほうに甘えて前脚を伸ばしてくる。

「珠華、白焔」

淡々と、銀玉に名を呼ばれる。

思わず姿勢を正した珠華と、怪訝な面持ちになった白焔に、銀玉は静かに告げた。

「今晩、連れていって、ほしい。星の——星姫の、墓に」

彼女の意図が上手く汲みとれず、珠華は白焔と顔を見合わせた。

＊＊＊

星姫の墓所は、『天墓』からぎりぎり見えるほどの比較的近い場所、栄安市の中心街からはやや離れた位置にある。

深夜、珠華たちは再三、杏黍宮からひっそり抜け出して、現場へと向かう。

銀玉からの頼みは結局、白焔の鶴の一声で許可された。白焔自身も、許可を出した責任があるとして、共に来ている。

体調は依然としてあまりよくなさそうだが、少し休んだらましになったと言って、やはり一緒に行くことになった。

珠華としてはちゃんと夜は休んでほしかった。けれども、責任、と口にされてしまえば、強く異を唱えるのは不可能だ。

「そんなに心配そうな顔をしなくとも、倒れたりしない」

「……やせ我慢にしか見えません」

珠華が胡乱な視線を向けると、はっはっは、とわざとらしいおかしな笑い方をする白焔に、もう何か言うのはあきらめた。

そういうわけで、星姫の墓所へと向かっているのは、珠華と式神二匹、白焔、銀玉の、まあまあな大所帯となった。

人の寝静まった深夜とはいえ、祭りの舞台となる星姫の墓所は、ずいぶん警備が手厚い。

あちこちに今も兵が配置され、明かりとして炎が煌々と辺りを照らしていた。

「こっちだ」

白焔が警備の兵の前を素通りし、手招きする。

廟の前は石畳を敷き詰めた広場のようになっており、星の大祭に向けて、皇帝や妃のための席が着々と準備されているようだ。

星姫の墓所は、まず先に荘厳な霊廟が堂々と構えられている。

星姫が亡くなり、女神として信仰を集めるようになってから千年近く。霊廟は、さすがに何度か修復したり造り直されたりしているそうで、古さは感じない。

後宮にあった星姫の廟よりも、二回りほども大きい廟は、赤々とした朱色に染められた柱と屋根が炎に照らされて、さらに赤みを深めている。

瓦は金黄色で、祭りのための装飾だろうか。赤と緑の布地に金の刺繡が施された垂れ幕が建物の周りを飾り、火を灯さないままの灯籠が一列に吊るされている。

(今年は皇帝も妃も全員が来ているから、きっと準備がいつもの何倍も大変ね)

設営途中の様子だけでも、祭事を司る祠部の苦労がうかがえる。

これでは、祠部に属する神官や巫女が幽鬼などに構っていられないのも、当然かもしれない。

そして、廟の裏。こんもりとした小高い山になっており、墓所はこの小山の内部に造られているらしい。

廟の横を通り過ぎた先には門があり、固く閉ざされている。

墓所へ入るには、この門を潜らなければならない。

「ご苦労」

どこへどう話を通しているのか。

白焰が門の両脇で番をしている兵に声をかけると、兵たちは軽く会釈を返してから、人一人が通れるほどの隙間だけ、門を開けた。

先頭を白焰が行き、珠華と肩に止まったサン、猫の姿のロウ、殿（しんがり）に銀玉という順に門を抜ける。

門の先に、白い石造りの石室が見える。形は『天墓』とそう変わらない。ただ、小山をくり抜いている分、こちらの石室のほうが何倍も大きかった。

石室の周りは濠のように水で満たされた池があり、白と薄紅の蓮の花が水面から茎をのばしている。花弁は閉じかけているものの、見事に咲き誇った姿はきっと美しいのだろうと想像できた。

小さな石橋を渡って、石室の前に立つ。

こちらは『天墓』とは違い、大きな石材ではなく、しっかりとした鉄製とおぼしき扉がついていた。

現在は無論、門で塞がれ、施錠されている。

「やっぱり。結界、解けてる。ここも、あっちも」

銀玉が石室を見上げながら、残念そうに呟く。

結界、という言い方は、本来あまり正しくはない。おそらく、一種の禁足地あるいは聖域を作ってあったのだろう。

珠華も微かに感じていた。

この地はまだ少しだけ、清浄な〝気〟が残っている。つい最近まで、この清らかな〝気〟で満たされていた証拠だ。

何らかの原因で、聖域を作っていた仕掛けが崩れ、清浄な〝気〟に満ちた領域が霧散してしまったのだろう。

そんなことを知っているとは、いったい銀玉は何者なのか。

「あっちって、『天墓』？」

珠華が訊ねると、銀玉がうなずく。

「そう。二つで一つの、結界だった。片方、消えると、もう片方も、消える」

「どうして、そのことを？」

一番訊きたい疑問を、たまらず珠華は口にした。

答えてもらえないかもしれない。だが、もう訊かずにはいられない。謎だらけのま

ま、何も進まないことに我慢ならなくなっていた。

銀玉は、仄かに滲んだ珠華の苛立ちに気づいたようだ。

仕方がない、と言いたげな桜貝の唇が、単純で、それでいて、腰を抜かすほどの驚

きの答えを紡ぎ出す。

「妾が、結界、作った一人」

「え？」

「二人で、作った。水晶のと、妾の銀の、指環とで」

指環。水晶の、銀の。

珠華は知らず、最近まで水晶の指環をしまっていた懐に、服の上から触れる。

神気を帯びた、おそらく本物の――七宝将の水晶の指環。劉天淵かもしれない、テ

ンエンが葬られている『天墓』。そこにあった『天子』という言葉。

「結界壊れた……のを、感じて、見に来た」

あの指環の力を使って、千年もの間もたせる結界を作る。そんなことをできるのは、

指環の正当な持ち主である七宝将だけではないだろうか。

「あなたは――七宝将の一人、なの？」

手足が震える。この震えが、畏れからのものか、興奮からのものか、あるいは緊張からのものか。珠華には判断できない。

頭の中が真っ白になる。全身が心臓になってしまったみたいに、激しい鼓動の音だけが身の内に響いている。

千年、千年だ。

長すぎて、想像を絶する悠久の歴史。何代もの皇帝が生まれて死に、荒廃した土地だった陵は、大陸一の大国となった。

途方もない時間を、途切れることなく語り継がれ、今もなお民の中に根付く伝説。その伝説の存在が、目の前に。

七宝将は、人と人ならざる存在で構成されていた。

劉天淵と星姫は、仲間にする者を人間に限らなかったからだ。協力してくれるなら、神でも仙でも精霊でも。誰でも仲間にしていたという。

だから、七宝将の者の中に千年もの時間を生きる者がいても、不思議ではない。伝説が真実ならば。

自分で訊ねておいて、荒唐無稽だと笑いそうになる。

今の質問は冗談だったと誤魔化して、なかったことにしたくなるほど馬鹿馬鹿しくて、恥ずかしい問いだった。

けれど、白焔も、黙り込んでいる。ロウもサンも、固唾を呑んで銀玉を見ている。沈黙ばかりに支配されたこの場の空気が、皆が同じ想像をしていることを示しているようだった。

銀玉は、緩慢な動きで瞬きをする。そうして、小さな唇を震わせた。

「そう。妾、七宝将の一人。銀の指環の、銀玉。昔、そう呼ばれてた」

七宝将の指環は、金、銀、水晶、珊瑚、真珠、瑪瑙、瑠璃の七つ。

銀の指環の将は、その中でも、月に例えられることが多い。銀は月の象徴だからかと思っていたけれど、違ったのだ。

銀玉を見ればわかる。彼女の美しさは、月の美しさそのもの。

月光のごとく輝く銀髪も、満月と同じ色をした瞳も、その存在の物静かな煌めきまで。

彼女の言が嘘ではないと明確にわかるから、なおさら慄いてしまう。

「水晶の将は、結界作って、すぐ死んだ。だから妾が、ずっと維持、していた」

銀玉が七宝将で、結界を作った張本人だと言うのなら。

星姫がこの地に葬られ、どういうわけか、初代皇帝の陵墓が黄領ではなく『天墓』としてこの地にあり、七宝将が彼らの墓を守るために結界を張った、というわけだ。

そして原因は不明だが、二つの墓の、二つで一つだった結界が壊れたことで、テンエンは幽鬼として目覚め、銀玉は様子を見に来ることになったと。

これでテンエンと銀玉が幽鬼の正体でした、とつけ加えれば、此度の件は万事解決となる。

「たぶん、結界が、緩んでた。それで指環、盗まれて、結界が完全に、壊れた……と、思う」

訊きたいことは、たくさんある。

目の前に歴史上の伝説の存在がいたら、誰だって知りたいことが山ほどあるだろう。

珠華は、深呼吸した。

自分の知的好奇心に従って欲求を満たすのはこの際、後回しだ。今回の幽鬼の件と、指環の件。確かめるなら、銀玉が喋ってくれる気になっている今しかない。

「銀玉。……私たちは、これからどうしたらいいの？」

「こっち」

銀玉は、珠華の問いには答えず、石室の閉じられた鉄の扉に、白い指先だけでそっと触れる。

すると、他にはいっさい手をつけていないのに、ひとりでに錠が外れて落ち、閂は抜けていく。

信じられないほど、すんなりと扉が開いてしまった。

「一応、鍵を持ってきたんだが……」

掌中の鍵が行き場を失ってしまった白焔は、無念そうにがく、と肩を落とす。

「白焔様……元気を出してください」

「ああ……」

そんな会話をしながら、石室に真っ先に入っていった銀玉に、珠華と白焔、式神たちも続く。

星姫の墓所は、『天墓』とは違い、出入り口も広く、身を低くせずとも普通に足を踏み入れることができた。

白い石材を積み上げてできた石室は、不思議と仄かに明るい。当然、灯りで照らさなければ内部はよく見えないが、どこからか月光が差し込んでいるのかと思える。

手元の灯籠を掲げる。

内部の様子は、『天墓』と変わりない。中央に石棺が置かれ、白い石の壁面には千年の時を経てもなお色鮮やかで、繊細な装飾が施されている。

描かれている壁画の内容は、『天墓』と同じく、建国の伝説を描いたものと思われるが、細部は異なる。

こちらの画のほうが、巫女の姿をより詳細に、神々しく描いていた。

「珠華、此処」

銀玉に指示され、珠華はやはり石室の最奥にある石の台座を照らす。

台座は『天墓』と似たような造りで、文字は彫られていない。

何よりも一番に珠華の目を奪ったのは、小さな穴にぴたりと納まった、光り輝くほど美しい銀の指環だった。

純銀であれば腐食は免れないだろうに、その指環は作ったばかりの、誰も指一本も触れていないような輝きを保っており、一片のくすみ、くもりもない。

さらに、溢れんばかりの神気が滲み、漂っている。

後宮で珠華が感じた、水晶の指環に満ちた神気と同じように。

「七宝将の指環……本物だったのね。あの、水晶の指環も」

千年前から今まで、誰もこの石室に入らなかったのだろうか。結界があったなら、そうなのかもしれない。

でなければ、今頃とっくに指環は盗まれ、売られ、失われていたはずだ。

誰も、この石室の中に本物の七宝将の指環があるとは知らず、どんなに捜しても見つからないわけである。

「珠華」

「……なに？」

銀玉は珠華を呼んでから、その雪像のごとく真っ白な細い指先で、銀の指環を摘まみ上げた。

「結界、新しく張る。指環使わない、結界。テンエンのことも、それで道は開ける」

「今度は指環を使わなくていいの？」

おそらくだが、二つの指環に宿った神気を用いて、二つの墓所に聖域を構築していたのだろう。

再び同じように聖域を築くのなら、同様に指環の力が必要になるのではないか。

珠華が問うと、銀玉はかぶりを振る。

「水晶の、指環。もう神気、残ってない……でしょ？」

そうだった。あの指環は一瞬なぜか神気が戻ったものの、今はもうただの穴が開いた水晶の塊にすぎない。

「指環、なくても大丈夫。星の大祭で、此処に神気が、満ちるから。それ、使う」

珠華は納得し、うなずきを返す。

「わかったわ。私にも手伝えることはある？」

「ある。珠華の力、借りないと、できない」

星の大祭は、れっきとした神聖な儀式だ。供物を捧げ、祠部に所属する巫女たちが舞う。そうして祭りの舞台は神仙の世界との境界へ近づき、神気に満ちる。

その神気を、聖域を作って閉じ込めれば、指環を使わずとも清浄な領域が完成するのだ。

珠華がまじない師として扱える〝気〟は質も量もいたって平凡。七宝将である銀玉がいればあってもなくても変わらなそうだが、ないよりはまし、ということだろう。

「話はまとまったか」

黙って聞いていた白焔が言う。

「白焔様。星の大祭の夜、此処に入ることは可能ですか？」

白焔は腕を組み、顎に人差し指と親指を当ててしばし逡巡する。

「そうだな。……可能だが、出入りする姿をあまり人に見られるのはよくない。ただ、人が集まる前に此処へ来て、祭りが終わり、皆が杏黍宮に帰ってから出れば、見咎められることもないはずだ」

それで問題ない。

当日、祭りが始まる前に珠華と銀玉、そして式神たちでこの石室の前で待機し、祭りの最中、神気が最高に満ちたときに結界を張る。そして、祭りが終了し、廟の前に人がいなくなってから、退散する。

待ち時間があり、長丁場になりそうだが、必要ならやるしかない。

「銀玉、『天墓』のほうはいいの？」

「平気。二つの墓所の結界、連動する。そのように、石室に、術を刻んである」

これで、指環のことも星の大祭にかかわる騒動のすべてても解決する。

珠華にとっての決戦は、星の大祭当日の夜。

確認を終えると、一同は石室の扉を閉じて施錠しなおし、門を潜って星姫の墓所をあとにした。

白焔と珠華が並んで先を歩き、銀玉と式神たちが後に続く。不思議と、白焔には敵意を向ける式神たちが銀玉には懐いていた。

「俺は、当日はさすがに付き合えないが、問題ないか？」

心配そうに訊ねてくる白焔に、珠華は「ええ」と肯定する。

「私たちは、平気です。それよりも白焔様が星の大祭を欠席して、結界の張り直しに付き合うと言ったらどうしようかと思いました」

「おいおい。さすがにそんな職務放棄はしないぞ」

肩をすくめる白焔は、とても怪しい。彼が皇帝でなく、ただ祭りに同行してきた一介の高官だったなら、きっと祭りを放り出してこちらに来ただろうな、と思う。

けれど、彼は自身の体調を疎かにしてまで、皇帝の役目を果たしている。

珠華がまじない師という仕事に誇りを持っているように、白焔もまた、命をかけて皇帝という役目をまっとうしようとしているのかもしれない。

それは決して、彼が優秀で、皇帝に向いているから、そう周囲に望まれたから、という理由だけではないはずだ。

だから、珠華も突き放せない。

「――珠華」

「なんでしょうか」

「祭りが終わった次の日の晩。空いているか」

幽鬼の件の真相がわかり、結界の張り直しも目途がついた今、祭儀の夜さえ過ぎてしまえば珠華には特に予定はない。

一歩一歩と前に進む自分の爪先を眺め、珠華は予定を思い出していた。

「はい。空いています」

「ならば、そのまま空けておいてくれ。……最後に、ともに祭りを楽しみたい。いいか？」

断られる可能性なんて、一つも考えていなそうな自信に溢れた声。

それでこそ、白焔だと思った。弱った彼を、支えないと今にも傾いでしまいそうな彼を見るのは、胸が締めつけられて苦しくなる。

珠華の立場では、白焔を支えることはできないから。

「いいですよ。そういえば、もともとはそういうお誘いでしたね」

――俺と一緒に祭りに行ってほしい。

白焔の最初の誘い文句は、こんなふうだった。実際は、祭りのことなど気にしていられないほど、重い依頼だったわけだが。

すべて解決したあとなら、少しくらいは楽しんでも罰は当たらないだろう。

「楽しみだな。そなたと……思い出を共有できるのは」

「なんですか、それ」

しみじみと呟く白焔がおかしくて、珠華はつい笑みを漏らした。

確かに思い出を作れることは、楽しい記憶を持っておけるのは、ありがたいことなのかもしれない。

珠華と白焔の関係は、武陽に戻ればどうなるかもわからないほど儚く脆い。

後宮の件と、今回と。白焔のほうから珠華を気にかけているから、関係が続いているだけだ。

もし彼が珠華に飽きれば、珠華をどうでもよく思うようなってしまったら、『友人』関係はそこで終わる。

ただの庶民である珠華から白焔に歩み寄るなど、無理な話なのだから。

いつかは、まじない師として、祠部の巫女にも引けをとらないほどの腕を手に入れて——そうして、宮廷で皇帝に仕えられる日がくるかもしれない。

だが、二人の距離は離れすぎている。

一生かかっても、珠華から白焔に近づくのは不可能に近い。

(だから、今だけ)

もう少し、彼と同じ時間を過ごしたいと願っても、楽しい思い出を作っても、許されるだろうか。

「……私にもっと、力があったらよかったのに」

権力でも、まじないの力でも。今より圧倒的に優れたものが一つでもあったなら、公然と、堂々と、白焔に仕えることができたのに。

珠華を認めてくれ、引っ張り上げてくれる白焔を主人として、珠華もまた彼を支えられたら。どんなに満たされた日々になるだろうと、夢想しては掻き消える。

叶わない夢だ。

いや、叶うかもしれない。何十年後かには。けれど、その頃には今と同じようにはどうしたってなれないのだ。

「珠華？　何か言ったか」

「い、いいえ。何も言っていません。疲れているんじゃないですか？　昼間あんなに顔色が悪かったんですから」

「かもしれんな」

疚しい心情を悟られまいと、やけに早口になってしまう。

何かまずいことに感づかれたのではないかと珠華は心配になったが、白焔のけろっとした態度を見て、安心する。

白焔のそばで、彼に仕えたいなんて、そんな妄想を本人に知られたら恥ずかしくて生きていける気がしない。

いいのだ。夢は夢のまま、理想は理想のまま、胸に秘めていればいい。

元巫女で、『仙師』の称号を持つ燕雲の弟子だとはいえ、珠華は庶民でどこの馬の骨ともわからない女。

そんな人間が、まじない師として宮廷に出仕するなんて到底叶いそうもない願望なのだから。

「――お祭り、楽しみですね」

照れくさい気持ちを押し隠して呟いた珠華に、白焔も「そうだな」と返す。

満天の星が、赤くなった頰を薄らと照らし、夏の夜風が熱をさらっていく。今の、この瞬間の心地よさが、ずっと続けばいいのに。

珠華はそう願わずにはいられなかった。

＊　＊　＊

梅花は、自室の前の回廊から夜空を見上げる。

美しい星々に満ちた空は明るく、邪魔な部屋の灯りを消して、ずっと眺めていたくなる。この空だけは、離領でも武陽でも変わらない。だから、梅花は空を見上げるのが好きだ。

空に心を馳せている間、静かに物思いに耽る時間も好ましい。

(今頃、珠華さんと陛下は上手くやっているだろうか)

今回の幽鬼と指環とそして墓所の件について、梅花はほぼすべてを知っている。

唯一、銀玉という謎の少女についてはよくわからなかったが、銀玉を手元に置いていた珠華が訊いてほしくなさそうだったので、あえて何も訊かなかった。

銀玉には戯れでいくつか質問をしたが、役に立ったかもわからない。

ただ今夜だけでも、星姫の墓所へ入るための手配をしたり、石室の鍵を都合したりと一定の働きはできていると自負している。

「いい夜だな」

ぼんやりと考え込む梅花へ、そう声をかけながらふらふらした足取りで近づいてきたのは、古なじみの青年だった。

草と空気の、微かに湿り気を帯びた香りを塗りつぶすように、強い酒精の香りが漂ってくる。

「酒臭いな……飲みすぎじゃないか、怪我人のくせに」

静謐な雰囲気を軽く壊してしまう士昌に、梅花は眉を顰めた。

大抵の者ならば、梅花の表情を見て行動を改めるところであるが、この男にはまるで通用しない。

「怪我はもう大したことないし。それに、連日、祭りだっていって酒宴があるからさぁ」

「……まあ、赤家の誰かは参席せざるをえないだろうけれど」

現在、栄安市には、何人かの赤家の者と、梅花の実家のような赤家の下で離領の一部を任されている家の者が数名、滞在している。

赤士昌は、現赤家当主『赤王』の実の息子。つまりは赤家の直系で、杏黍宮では皇帝に次いで、妃たちと同じくらいの待遇である。

ゆえに、上位の立場の者として、酒宴となれば参加しなければならないのはわかるが。

それを抜きにしても、士昌は梅花がまだ後宮入りする前から常に酒浸りのようなものなので、つい戒めのような言葉を口にしてしまう。

「皇帝陛下は滅多に酒宴に顔を出さないな。……女嫌いの潔癖な上に、酒や宴も嫌いなのか？　難儀なことだ」

士昌は、二歩分ほどの距離を空けて梅花の横に並び、同じように空を見上げた。

彼の言にはいくつか訂正したい箇所があるが、果たして自分がそれをすべきなのだろうか、と梅花はしばし逡巡する。

(陛下とは、この件で自分からかかわるまで、ほとんど話したこともなかったし……私が陛下の何を知っているかと訊かれても、答える余地がない)

女嫌いの潔癖。

後宮の妃たちの誰にも、ただの一度も触れず、後宮に足を踏み入れることすらほぼなかった皇帝を、貴族たちは皆そう評していた。

真相はどうやら、女性に触れたくとも触れられなかった、というわけらしいけれども、詳しい事情は現在に至るまで隠匿されている。

しかし、李珠華という異質な少女が、後宮に入ってからすべてが変わったのは事実だ。

「そうでもないみたいだよ」

梅花が曖昧に正すと、士昌は軽く瞠目する。

「そうなのか？　意外だな、お前がそう言うなんて」

あまりに士昌がわかったふうな口を利くので、笑えてくる。

だが、彼の梅花への印象は、正しい。

梅花は後宮の妃になることに興味はなかったし、皇帝にも同様だった。

白焰が皇帝に即位し、貴族たちの思惑で新たな後宮が構築されることになり、年頃である自身に白羽の矢が立つまで、梅花はずっと、この男——士昌と結婚するのだと思っていた。

離領を離れずに済み、気心の知れた士昌と気楽にやっていくつもりだったのに、計画は台無し。

もうなんでもいい、と投げやりになって、適当に後宮で暮らすだけだと思ったし、実際に妃の話が出たときには、士昌にもそう愚痴を吐いた。

だから、つい最近まで我関せず、を貫いて妃をしていた。

もちろん、皇帝の人柄なんぞは知ったことではなく、寵愛なんてむしろいらない、皇帝も後宮もどうでもいい。

そんな態度でいた。

(二か月くらい前までなら、士昌様と同じように考えたかな)

今は、少し違う。

女嫌いの潔癖という印象はがらがらと崩れ去り、庶民の少女の尻を追いかけている恋愛下手の青年、という形に積み直された。

(なるほど、確かに珠華さんは面白い)

そして、珠華のことで己の感情に気づかぬまま悶々としたり、つまらなそうにしている白焔を見るのも面白いし、それを弄るとさらに面白い。

「私は、士昌様みたいに愉快な人を近くで観察して、隙あらばからかうのが好きだから」

「おいおい。それって、皇帝陛下も愉快だってことか？　しかも、主家の人間に対してそれはないだろ？」

「主家のご子息がたいそう寛大な心をお持ちで、大変ありがたい」

わざとらしく恭しさを前面に出す梅花は、呆れた目を向ける彼には決して気づかせない。

梅花が白焔に協力するつもりになった一番の理由は、白焔が後宮制度を廃止するつもりだと聞きつけたからだということ。

それは梅花が、後宮を合法的に辞し、この地に戻って士昌と結婚したいがためである、ということを。

いい女は、本音をそう簡単にさらしたりしないのだ。

(陛下には、無事に後宮を閉じてもらわないと)

全員とは言わない。が、大多数の貴族が納得する形で。

そのためには、白焔自身の貴族の味方を増やす必要があるし、政敵の力を抑えなくてはならない。

梅花はこれからも、協力していくつもりだ。

「まあ、幸い、主家の赤家が陛下に好意的だしね。私も自由にやりやすい」

白焔が後宮を閉じる決意をしたのは、やはり珠華の影響だろう。

二人が今後、どのような関係を築いていくかはわからないが、珠華には感謝している。

おかげで、上手く動けば梅花が本来希望していた人生の経路に戻れそうだから。

「……梅花。お前、陛下を気に入っているのか？」

うきうきと思案を巡らせる梅花の横で、士昌は目を伏せる。

「うん。できる限りは力を貸そうと思っている」

「……ほどほどに、頑張れよ。命あっての物種だから」

言われるまでもなく、梅花は危ない橋を渡る気はさらさらない。

後宮から自由になる前に倒れては、本末転倒もいいところだ。白焔に都合のいいように手引きするのはまったく危険でないとは言えないが、引き際はわきまえているつもりだ。

それに、現時点で後宮に残っている面子を思い起こしても、梅花の脅威になりそうな者はいない。問題は後宮そのものよりも、政治のほう。

政治面において、白焔が相対するべきは主に中位貴族ではなく、重要なのは『四王家』のうちのいくつを味方につけられるか。

最も白焔の手腕に懐疑的なのは、東の雷家。および、その傘下の東の中位貴族だ。

彼らをどう黙らせるかが問題になってくる。

(指環の盗み程度では、つつくには弱い。他に彼らの弱みになる何かがあればいいけれど)

ともかく詳しく考えるのは、梅花の仕事ではない。

「頑張りすぎないように頑張るよ。そっちこそ、……なるべく、私が戻るまで結婚は遅らせてくれ」

梅花の囁くような最後の呟きは、聞こえなかったのだろう。士昌が軽く目を瞬かせる。

「なんだって？」

「……なんでもないよ」

苦笑しながら答えた梅花へ、士昌は太陽の輝きを放つとびきりの笑顔を向けた。

「それじゃ、またな～」

踵を返し、軽く手を振りながら去っていく後ろ姿から、梅花はしばらく目を離せなかった。

五　まじない師は、皇帝に神秘を授ける

栄安市に滞在すること、数日。

ほんの短期間の滞在であったはずなのに、季節は本格的な夏へと移ろっているようだ。

日に日に暑さは増し、昼は夜のわずかな涼しさが恋しくて堪らない。

そんな栄安市は、いよいよ星の大祭の本番を迎える。

すでに何日かにわたって市街では普段よりも露店や催しが多くなり、賑わっていたが、本番は今晩である。

珠華は朝から持参した術符を確認し、必要ならば作って足す、という作業をしていたが、それが済むと今度は梅花の仕度へと駆り出されていた。

「こんなにたくさん着るんですか!?」

部屋中に広げられた衣装の多さに、珠華は愕然とする。

肌着から始まり、薄手とはいえその上にも何枚も衣を重ね、最後には隅々まで緻密な刺繡の入った重たい単衣を着るのだ。

いくら公式行事といっても、今は夏である。夜には幾分か涼しくなるが、それでもこんなに着込んでいたら暑くて倒れてしまう。

珠華が妃をしていたときには、星の大祭のような規模の儀式や催しがなかったので、此処までとは知らなかった。

「仕方ないね、妃だし。星の大祭はそこらの茶会や園遊会とは違うから」

目を剝く珠華に梅花は涼しい顔で笑っている。

その間も、彼女の数少ない侍女たちがせっせと衣装を着つけていく。

衣装の着付けが終われば、今度は髪を結い、化粧をし、装飾品を身に着けなければならない。

一日がかりの大仕事だ。

けれども、貴族の娘として生まれ育った梅花は慣れているのだろう。

まったく疲れる様子も、憂鬱な様子も見せず、大人しく侍女たちに仕度を任せている。

やっぱり、白焰の呪いを解くために後宮に入るとき、一時的な契約関係にしておいてよかった。ずっと妃として暮らすなんて、おかしくなりそうだ。

そう思いながら、珠華は頼まれている作業をこなす。

梅花の身に着ける装飾品に、破損がないか、傷やくすみがないかを確認し、布で軽く磨く仕事だ。

　真珠と珊瑚の首飾りに、紅玉の耳飾り。金枝に白い花の細工が散った豪奢な歩揺。見ているだけで、目が痛くなりそうだ。

　女官姿に変化しているサンも、珠華と同じように、衣装にほつれや汚れがないか、最終確認する作業に励んでいる。

　ちなみにロウは部屋に置いてきた。珠華の部屋で、銀玉や文成と留守番だ。

「珠華さんは、私たちよりも先に星姫の墓所へ向かうんだよね？」

　梅花に訊ねられ、珠華はうなずく。

「はい。……会場の準備が済んで、皆さんが入場する間にこそこそと」

　白焔が星姫の墓所で祭りを取り仕切っている祠部の人間にも極力、姿を見られないようにしてほしいと言うので、珠華はなんだか泥棒にでもなる気分である。

　明け方の人が少ないうちに、とも思ったが、石室の前には池があるばかりで、他には何もない。

　日中は暑くなるし、明け方から夜まで石室の周りで待機するのは難しいため、夕方になる前に忍び込むことになった。

　少しでも目立たないよう、珠華と銀玉は墓所では祠部の巫女の服を着る予定である。もし見咎められたら、と想像し、今から暗澹たる思いだ。

「なるほど。それなら、珠華さん。ちょっとこっちに」

梅花に手招きされ、呼ばれるがまま珠華は彼女に近づく。

「手を出して」

言われた通りに両手を差し出すと、冷たい何かが掌上に置かれた。

よく眺めてみれば、それは深みのある赤が美しい、小さな石榴石の欠片がついた、細身の金細工の腕環だった。

しかも、ただの金の輪ではなく、独特の波模様の意匠になっている。

「いざとなったらそれを見せれば、だいたいの人は退いてくれるはずだよ」

「でも、これって」

石榴石は確か、楊家の者が身に着ける宝石だ。そして、おそらくこの見慣れない独特の意匠も――。

「ああ、悪用はしないように。珠華さんなら大丈夫だろうけれど」

悪用などとんでもない。この腕環を掲げるということは、すなわち楊家の威光を借りるということに他ならない。

悪用なんかしてしまえば、この腕環を貸した梅花、ひいては楊家の顔に泥を塗り、名誉に傷をつけることになる。

そもそも、他人にほいほい貸していい身分証明ではない。

「こ、こんな大変なもの、借りられません」

おそろしすぎてすぐさま返そうとする珠華を、梅花は笑って押しとどめる。

「いいじゃない。持っていれば何かあったときに役立つし、お守りみたいなものだよ」

あれば安心はできるが、持っているだけで平静ではいられなくなる代物。

珠華がどう言っても返させてくれそうになく、結局、渋々預かっておくことになった。

懐にしまっただけで、緊張してしまいそうだ。

ため息を吐いた珠華は、梅花に向き直る。

「では、お返しと言ってはなんですが、梅花様。片手でいいので、こちらに」

「？　はい」

差し出された日焼け知らずの白い手を取り、珠華はまじないを唱えた。

「――――」

唱えたところで、目に見えて何か変化があるわけではない。ただ、ほんの気休め程度、それこそお守り程度の軽いまじないだ。

不思議そうに自分の手を見つめた梅花が、首を傾げる。

「今のは？」

「少しだけ、梅花様を悪意から守るまじないです。大した効果はないでしょうけど、ないよりはいいと思います」

これでよし、と珠華は梅花の手を離す。

急ごしらえでは、とても梅花から借りた腕環の分には見合わないが、仕方ない。

窓の外をふと見遣ると、日がすっかり高くなっている。

珠華はそろそろ、自室に戻って自分の仕度をしなければならない。

「では、先に戻らせていただきますね」

「ああ。今日はお互い頑張ろう」

ひらひらと楽しげに手を振る梅花に見送られ、珠華はサンを連れて回廊に出る。

人目を遮るための布帛を頭から被ると、忙しく行き交う人々の間を縫って進み、自室にまで戻ってきた。

「ただいま」

部屋に入るなり、暑苦しい布帛を脱ぎ去った珠華は、詰めていた息を吐き出した。

「あ、おかえりなさい」

「ご主人様、おかえりー」

文成とロウが、和やかにじゃらし、じゃらされながら遊んでいる。

「文成様。こんなところで、そんなに寛いでいていいんですか？」

宦官とて、妃についたり皇帝についたりして、準備すべきことがあるのではないか、と思ったが文成はずいぶんとのんびりしている。

しかし、当の本人は珠華の指摘に、嫌そうに唇を突き出してみせた。

「いいんですよぉ。皆、宦官をいいように使いすぎなんです。昨日までちゃんと準備を手伝ったんですから、今日は手伝わないと言ってきてやりました！」

なるほど、確かに昨日まで文成とはあまり顔を合わせなかった。準備を手伝う代わりに、今日は休むという交換条件で働いていたのだろう。

相変わらず、気弱そうに見えて図太いというか、ちゃっかりしている。

白焔にいいように使われがちな珠華も、見習いたいところである。

「珠華」

内心で感心する珠華の元へ、また書物を読んでいたらしい銀玉が近づいてきた。

「さっき、白焔が来た」

文成も、それを聞いて「そうだった」と手を打つ。

「珠華どののお顔を見ておきたかったって、すごく嘆いていました」

想像はつくが、違和感しかない。

なぜ、皇帝がこの皆が忙しくしているところにふらふらやってきて、嘆いて帰ることになるのか。

そんな暇があるなら部屋で休んでいろと言いたい。

むしろ、つい最近、激務で顔色を真っ青にしていたのはどこの誰だったかと問い詰めて、顔を見ておきたいなんて言えないようにしてやったほうが白焔の身のためかもしれない。

珠華と銀玉は、ひと足早く星姫の墓所へ赴くため、目立たないように祠部の者が着る服を身に着けた。

といっても、兵の鎧姿や女官服のように統一された服装は存在しない。

決められた通りの形はあるが、だいたいは淡い色の上下にそれよりやや濃い色の衫、そして儀式などで舞を供するときは仄かな色遣いの薄い被帛を纏う。

あとは、鳥の翼を模した簡素な簪を差し、薄紫の房飾りが揺れる佩玉(はいぎょく)を身につければ、巫女らしく見えるだろう。

一式を文成に頼んで用意してもらった。

「お似合いですねぇ」

着替え終わった珠華と銀玉の姿を見て、その文成は感嘆の声を上げ、満面の笑みを浮かべている。

珠華は薄青の上衣と裙にそれよりもやや濃い色の衫を羽織り、銀玉は元から着ていた白銀の衣の上から、黄味がかった白っぽい色の衫を羽織っている。

比較的、動きやすさを重視した堅い印象を受ける女官服よりも、ふわふわと、海面を漂う海月のごとき柔らかさがある。

ひたすら華やかな妃の衣装ともまた異なる雰囲気だ。

「珠華さま、お似合いです」

うっとりと目を細めるサンに、珠華はさすがに恥ずかしくなった。

「……や、やめて」

祠部に所属する巫女は皆、このような格好をしているのだ。まるで天女でも目撃したみたいな反応をされると、どんな顔をしたらいいのかわからない。

おまけに今は隣に銀玉もいる。彼女の美しさといったら、人の世にありえないと思うほど。珠華など、月と並べられた路傍の石である。

けれども、サンは断固として譲らない。

「珠華さまは美しいので、正当な評価です！」

「そうそう。ご主人様、すっごくきれい～」

式神たちの身贔屓が止まらない。主人だからといって、決してそのようにしつけた覚えはないのだが。

「もう。いいから早く行くわよ。――文成様も、いらっしゃいます？」

念のため訊いてみたが、例によって、文成は首がもげるのではないかと心配になるくらいに勢いよくかぶりを振る。

「荒事でしょう！　荒事ですよね!?」

「いえ、たぶん今回はそんな荒事にはならないと思いますよ」

これからすることといえば、星姫の墓所に行って石室を守る門に忍び込み、時間になるまで息を潜めて待つ。星の大祭が始まったら、神気が満ちるときを見計らって結界を張る。それが済んだら、今度は星の大祭が終わり、墓所に誰もいなくなるのを待って門を潜り、杏黍宮に帰ってくる。これだけだ。

忍び込むときに怪しまれないよう注意を払う必要があるくらいで、特に戦闘になったりはしない。

おそらく文成が心配しているような荒事にはならないし、むしろ、白焔からの信が厚い文成に同行してもらったほうが、怪しさは薄まるだろう。

……という、珠華の密かな期待をよそに、文成はやはり強く拒否してくる。

「結構です。本当に、留守番でいいので！　一人でお祭りを堪能しますので！」

文成が叫ぶように言った拍子に、懐から何かが舞い落ちる。

「これ？」

落ちたものを拾ったのは銀玉だった。よく見ると紙片だが、何かが書いてあるようだ。

しかも、自分の懐からその紙片が落ちたと気づいた文成は、必死になって大人げなく銀玉の手から紙片をむしり取る。

「これは、これだけはいけません！」

しかし、無情にも銀玉は紙片に書かれていたであろう内容を諳んじる。

「……星屑飴(ほしくずあめ)、娘々饅頭(にゃんにゃんまんじゅう)、星餅(ほしもち)、星祝(せいしゅく)――」

「や、やめてぇ！」

銀玉が口にしたのは、すべて食べ物の名前だった。

星姫や星の大祭にちなんで、市街の露店で売られている毎年この季節だけだという特別な商品だ。

文成は羞恥に両手で顔を覆い、悲鳴を上げるが、今さらである。

彼が無類の甘党で、食い意地が張っているのは昨日今日始まった話ではない。以前は後宮でも、遠慮も何もなく干し棗(なつめ)などを無際限に頬張っていた。

おそらく、星の大祭の本番に人々の注目が向き、より露店の周りに人が少ないときを狙って食べ歩きでもするつもりなのだろう。

「ええと、文成様……ごめんなさい。頑張ってください」

一同は、文成をそっとしておくことに決めた。

珠華と銀玉は頭から深々と布帛を被って髪と目を隠しつつ、杏黍宮を出る。

杏黍宮内は多くの人が慌ただしく動き回っており、祠部の巫女に扮した珠華たちが呼び止められることはない。

猫と小鳥の姿をとっているロウとサンも、無事にあとをついてきていた。

市街は人で溢れかえるようであったが、巫女らしき格好の珠華たちを見ると、街の人々は時には会釈などをして道を空けてくれる。

もみくちゃにならないのがありがたい一方、騙しているのは心苦しかったが。

そんな道中だったので、布を被っていてとんでもなく暑いことを除けば、順調に星姫の墓所まで移動することができた。

「ふう……」

星姫の墓所に到着して、珠華はため息を吐いた。

栄安市に来てからというもの、外に出て徒歩で移動していたのはいつも深夜の涼しい時間だったので、真昼の街中の暑さがより際立つ。

つつ、とこめかみを伝う汗がなんとも不快感を増幅させた。

「銀玉は平気？」

「まったく、問題ない」

銀玉は珠華の腹辺りまでしか背がないので歩幅も小さく、珠華より疲れやすいだろうに、息切れすらしていない。

（うう、さすがに七宝将……なのかしら）

そういえば、劉天淵と星姫、七宝将、そして途中からは四臣たちも皆、荒廃した土地では馬や馬車での移動は難しく、ほぼ徒歩で悪鬼討伐の旅をしていたはずだ。

今も安価な乗り合い馬車の賃料すら出せない貧民は徒歩で移動するが、そちらのほうが珍しい。

千年で国も大きく発展しているのだ。

その中で、建国直後の時代から変わらずあるのが星姫の墓所。

珠華は壮大な時の流れに思いを馳せながら、廟を見遣る。

「行きましょう」

廟へと至る大きな門は、石室へと続く門とは違って開け放たれており、誰でも出入りできるようになっている。

しかしながら、今は一般の人々の参拝は制限され、行き交うのは衛兵や祠部の神官や巫女、まれに文官、といった状況だった。

焦らず堂々と、を心がけ、珠華は祭りの準備がほぼ終わっている廟の前、石畳の広場へと足を踏み入れる。

（こそこそとしていたら、そのほうが怪しまれるものね）

今は祠部の巫女に扮しているのだ。此処にいるのが当然、という態度でいなければ逆に怪しい。

泰然たる足取りで、珠華たちは廟の横を通り抜ける。

石室へと続く門はすでに見えている。あともう少しだ。

思わず気を抜きそうになった——刹那、「おい」と呼び止められ、心臓が大きく一度、跳ね上がる。

「お前たち、何をしている？」

背後から聞こえたのは、凍えた男性の声。

おそるおそる、顔を伏せがちに振り返れば、神官の格好をした男が立っている。

もしかして、呼び止められたのが自分たちでなければ、という甘い期待は早々に打ち砕かれた。

ちらりと上目遣いに男の顔を盗み見る。

若く、どこか険のある相貌。目つきは鋭く、唇は薄い。整った造作ではあるが、目鼻口のどれをとっても厳しい印象があり、睨まれていると肝が縮みあがる。

硬質で鋭利。端的に表すとこの二語ほど、この青年に当てはまる言葉はない。

「お前たちはどこの班の所属だ。今の時間、そちらに用のある班はないはずだが」

班、と聞き、珠華は頭から冷水を浴びせられた心地になる。

どうする。どう答えればいい。班など、もちろん知らないし、見当もつかない。この場で、この青年を満足させられるだけのもっともらしい嘘が、珠華には思いつかなかった。

時間をかければかけるほど、怪しさが増していく。

青年の鋭い眼光が、ますます鋭くなっていくのを感じながら、何も言うことができないでいると、上衣の袖をつん、と軽く引っ張られる。

「珠華。腕環」

「あ……」

そうだ。梅花から預かった、楊家の腕環がある。

(でも、使っていいの？　というか、使っても納得してもらえなそうな予感しかしない……！)

青年は腕環一つで、楊家の関係者だから通してください、はいそうですか、と承知して見逃してくれるような人物にまったく見えない。

白焰の名を出して、皇帝の遣いだと言えば退いてもらえるか？　これも否。皇帝からの依頼だなんて、楊家の名を出すよりももっと現実味がない。

けれど、こちらも仕事だし、現状は巫女に成りすましているものの、仕事自体は何も疚しいことはない。

ええい、と珠華は投げやりになって、腕環を取り出す。

「私たちは楊家の方の遣いで、こちらに参りました。証拠もあります」

腕環をちらつかせながら言うが、青年は表情を動かさない。未だにこちらを訝しげな視線で射貫いている。

じろじろと全身を観察されているのがわかる。

「なるほど。楊家のお抱えの巫女だと？」

「ええと、その」

まずい。珠華は布帛の下で目を泳がせる。

貴族の家に抱えの巫女などいるのだろうか？

何桃醂や呂明薔のように、当然のごとくまじない師を雇っていた例もあるので、巫女を雇っている貴族の家があってもおかしくはない。

真っ当な商売をしている庶民のまじない屋にはあまり縁のない話だが。

けれども、楊家に雇われ巫女などいるのかは聞いていなかった。もし確認され、おかしな点が見つかったら。

日が暮れるまで石室の前で待機する計画が、崩れてしまうかもしれない。

そして仮に、此処で捕まったとして。

どこかで拘束されでもして、祭りの本番に間に合わなかったらすべてが台無しだ。

白焔や梅花が事態を察知して助け出してくれればいいが、今日の彼らは忙しい。祭りの前までに報告が上がるとは、到底思えなかった。

(この調子じゃ、腕環を振りかざして押し通るのは無理な気がするし)

考えているうちに、青年が動いた。

「おい、その布の下。顔を見せろ」

「や、こ、これは……困ります」

脱げないように布帛を押さえる珠華に、怪しさが増したのだろうか。

青年はずんずんと近寄ってきて、珠華へと手を伸ばす。

終わる。髪と瞳の、この異様さを見られれば隠しようがない。たぶん、神官なら春の後宮での騒動を知っているだろう。となれば、珠華の素性は簡単に暴かれてしまう。

こいつが李珠華だ、と知られて、どうなるか。

真っ先に、後宮での暮らしが忘れられず、華やかな世界に執着し、皇帝に再び近づこうとする異常者だと想像するに違いなかった。

青年の固そうな指先が、布に触れる。

――寸前、その動きがぴたりと止まったのは、声をかけてきた者があったからだ。

「こんなところでどうした~？　何か問題でもあったか？」

「……士昌殿」

苦々しい声は、眼前の青年のもの。

広場のほうから歩み寄ってくるのは、赤士昌だった。小脇に美しい装飾のついた戟を抱えているが、あの、梅花の古なじみだと紹介された赤家の子息に間違いない。

士昌は梅花の前と変わらず、小麦色の凜々しい顔に爽やかな笑みを浮かべていた。

「し、士昌様……」

控えめに珠華が呼ぶと、士昌はわずかに瞠目する。布を被った巫女の正体が珠華であることを察したようだ。

が、何も気づかぬふりをして、士昌は青年に話しかけた。

「あれ、君は羽家の……なんて名前だったたっけ」

惚けた彼の態度に、青年はさっと目元を朱に染める。名前を忘れられて、内心穏やかでないのがわかる。青年の誇り高さがうかがえた。

「ハッ、赤家の者はまともな教育を受けていないようだ。品もなく、常識もない」

「うちはそういうくだらない縛りがないのさ。君も羽家の人間なら、もっと余裕を持って、鷹揚に構えていたほうがいいよ」

嫌みを嫌みで返された青年は、ぐ、と詰まる。

対して、士昌は飄々として青年を見つめていた。

「私は不審人物を見つけたので、捕まえようとしていたにすぎない！　神官の責務として、君にそれを妨げられるいわれはない」

「……そうなのか？」

士昌の視線が珠華たちを向く。

此処で彼にまで疑われては、確実に詰む。珠華は取り出した楊家の腕環を指し示し、必死に首を横に振る。

すると、腕環を目にした時点で士昌は得心した様子だった。

「彼女らは、楊家の遣いだと言わなかったか？」

士昌が訊ねると、青年は明らかに「不都合だ」という表情になった。

「言ったが。祠部の巫女の格好をしているのに、所属を訊いてもしどろもどろだったので、怪しいと感じたのだ。おかしいことではないだろう」

「此処は我が赤家の治める栄安市で、彼女らは赤家の臣下である楊家の遣いだと言っていて、さらに身分証明も持っているのに？」

「星の大祭は祠部の管轄だ！」

両者とも一歩も引かない。これでは、決着はいつつくことになるのか……。

自身が原因となって引き起こした諍いだとは承知していても、珠華は遠い目をしそうになった。

士昌もそう思ったのだろう。青年にすっぱりと言い切る。

「とにかく、彼女らの身分は楊家および赤家が保証するし、ちゃんと許可を出して行動させている巫女だから、自由にさせといてよ。いいよね？」

そこまで言われては、青年ももう何も口を出せないのだろう。なんだかんだといっても、星姫の墓所自体が赤家の管理する施設であるのは確か。

赤家の人間がいいと言えば、いいのだ。

「くっ……おかしな揉め事だけは絶対に起こすな！　星の大祭をぶち壊すようなことになったら必ず罰を与える！」

言い捨てて、青年は荒々しく足を踏み鳴らして去っていく。

絶体絶命の危機を脱して、腰が抜けそうだ。

なんとか呼吸と心臓を落ち着けてから、珠華は士昌に頭を下げた。

「ありがとうございました。助かりました」

「いやいや、大したことじゃないよ。幽鬼の噂に対処してくれた恩もあるし」

幽鬼の件は白焔に頼まれて報酬を受け取ってやったことにすぎない。素直に感謝を受けとりづらく、つい目を伏せる。

「いえ……せっかく楊家の大事な腕環を梅花様に借りたのに、あの人が全然引いてくれないので、本当に困っていたんです。助けていただけなかったら、どうなっていたか」

「そう。なら、助けられてよかったよ。詳しいことはわからないけど、石室のほうに行くんだって？　門の警備には話を通してある？」

「はい。それは白焔様――いえ、陛下が手筈を整えてくださっているので」

「ああ、そっか。陛下は祠部の掌握がまだ上手くいってないのかな。あそこは組織自体が何かと気難しくて、さっきのああいう輩みたいなのが山ほどいるからなぁ」

どうやら、珠華たちがこそこそと忍び込まねばならなかった理由に心当たりがあるようだ。

「ま、君も安心してよ。今のところ、赤家と南領の貴族たちは陛下を信じて国を任せている……つまり、味方だから」

「ええ。ありがとうございます」

今のところ、という言い回しが気にならなくもないが、それは白焔が気にすべきことであって、珠華は任務を粛々とこなすだけだ。

「じゃ、頑張って」

「はい！」

踵を返した士昌の後ろ姿を、頭を下げて見送っていたら、なんだか無性に自分の幼馴染が恋しくなった。

幼馴染の子軌には小言を言いたくなることもたくさんあるが、決して珠華を否定しない彼の在り様に何度も救われたから。

またあのへらへらとした顔を見て、安心したいと思った。

（一生の不覚ね……）

士昌の背が見えなくなると、珠華もまた銀玉とともに歩を進め、石室へと続く門の前に立つ。

珠華たちの姿を見とめた二人の門衛は、黙したまま、前に訪れたときと同じように、門を押し開け、人一人分の隙間を作る。

まだ日は高い。これから日が暮れ、星の大祭が始まるまで門の向こうで待たねばならない。

珠華は覚悟を決め、門を潜った。

＊＊＊

今年の星の大祭が始まる。

皇帝にのみ着用の許された、幅広の冠は重たい。たっぷりとした絹を使った礼服の龍の刺繍は実に見事で、その分動きにくいことこの上なかった。

白焰は星の大祭に際し、一年のうちでも滅多に着る機会のない礼装を身に纏っているが、早くも参加を辞退したくて仕方なくなってきていた。

「……自ら煩わしい衣装を着る機会を増やしてどうするのだ、俺は」

ゆらゆらと揺れる輿の中で、独り言ちる。

日が傾きつつあり、夜は近い。白焔は現在、輿に乗って星姫の墓所まで移動していた。

輿に窓はなく、外の正確な様子はわからない。楽隊や神官、巫女たちが行列となって道を進む光景は見えず、前後には妃たちの輿もあるはずだがそれもよくわからず退屈だ。

ただ、沿道に大勢の人々が集まって歓声を上げているのは聞こえており、その熱気はひしひしと伝わってきた。

「皇帝陛下！」

そう呼ぶ声がいくつも波となって押し寄せてくる。

(俺が顔を出さないのでは、輿ざめになる者も多いだろうな)

ふ、と頬杖をついて、哀愁を漂わせてみる。……まあ、誰も見ていないわけだが。

売りにできるものがあれば、政治的施策のみならず、己の姿形でさえも人気稼ぎに利用した。その甲斐あってか、皇帝としての人気は上々だ。

珠華などは、白焔はいつも『自信満々にしている』と嫌そうな顔をするが、別に自信に満ち溢れているわけではない。

ただ、正当な評価を下しているだけだ。自も他も変わらず。

「自信があるのも、否定はしないが」

たった一つ、皇帝として以外は。

顔もいい、頭もいい、武に長け、勘も冴えていて人を見る目もある。

客観的に見ても、それらの点には自信がある。だが、だからといって玉座に相応しいとは限らない。

未だに、皇帝に向いているのは、白焔の叔父にあたり、白焔が生まれるまで次期皇帝と目されていて支持者も多い宋墨徳であると考えることがある。己が上手くいっているように見えるのは、姿形を売って人気をとるなど、広報の仕方がよかっただけではないかと。

ふと我に返ったとき、夜、寝室で一人横たわっているとき。

自分には墨徳よりも優れた適性はないと、どうしても考えてしまう。

こうして民の熱気にさらされているときも同様だ。自分の地位は人気とりで手に入れただけの、本物ではないと思い知らされる気がする。

（早く、終わりたい）

人前に出て、さも順風満帆（じゅんぷうまんぱん）な皇帝であると見せかけ、少しでも支持を減らすまいと、人気を落とすまいと振る舞うのはつらい。

それは、本物の白焔ではないと感じる。

以前まで、実直な墨徳のほうが皇帝に向いていると考えることはあっても、そんなことは感じたことがなかったのに。

(早く、最終日の夜にならないだろうか)

珠華との約束の夜が待ち遠しい。

外から入ってくる歓声を少し心から遠ざけ、特異な色彩を持つ美しいまじない師の少女を思い浮かべる。

今頃は、星姫の石室の前で何刻も、祭りが始まるのを待っているのだろう。

きっと暑い中長く待たされて、白焔に対しぶつくさと不平不満を漏らしているに違いない。

想像するだけで愉快で、笑ってしまう。

あれほど、白焔の興味を引く人間はいない。そして、一緒に過ごすのが心地いいのも。

珍しい色をしているからか、明け透けな物言いが珍しいからか。あるいは、捻くれているところが懐かない猫のようで愛らしいからか、呪いが解け、最初に親しくした女性だからか――。

白焔にとって、珠華を気に入っている理由はどれでもいいし、そもそもどれでもない気も、全部である気もする。

ただ、白焔が皇帝を続けていなければ、彼女との縁が著しく薄くなってしまうと己の勘がいう。それは嫌だから、今もこれからも皇帝を続けていくつもりでいる。

無論、国と民を大切に思っていないわけではない。

後宮を廃するのも、きっかけは妃だった珠華がひどく苦労しているのを目の当たりにし、様々なくだらない陰謀の温床となるのを実感したからだが、主たる理由は国庫の無駄な支出を削減するためだ。

皇帝たる白焔自身が何かを追い求めるならば、先に民を幸福にしなければならない。それが信を得て皇帝の座に就いた者の責務で、白焔の目指すものでもある。

国の、民の、自分自身の願いすらも、白焔の手で摑みとるのだ。

「そのためには、この祭りを成功させないとな」

呟いたときには、行列は星姫の墓所に到着していた。

すでに空は濃紺に覆われ、『星の大祭』の名に相応しい満天の星が瞬き、星姫の廟を照らしている。

皇帝と妃のために設けられた席は、廟の前。

白い石畳の広場には至る箇所に火が焚かれ、中央に一段高くなった舞台が設置されている。さらにその上に、三段にも及ぶ祭壇が作られていた。

祭壇には、果物や肉、菓子、酒、そして星姫を模した神像、香炉などが並ぶ。

皇帝が座るのは、黄金で作られた煌びやかな龍椅(りゅうき)だ。

生き生きとした龍の細工が肘かけや背もたれに巻きつき、また東西南北の四領を統べる者として、青白赤黒の玉がちりばめられている。

また龍椅の周りを、黄と赤を中心とした天蓋と幕が囲み、外からは皇帝の姿をうかがい難い。

妃たちは皇后ではないので、席はもう少し簡素だ。

細工は繊細であるものの、木製とわかる椅子に、それぞれの実家の色を用いた紗の幕を目隠しとしているのみである。

白焔は輿から下りると、真っ直ぐに席につく。

その間、場の全員が恭しく跪き、首を垂れていた。

祭儀は恙(つつが)なく始まる。

祠部の長官による礼から始まり、神官たちによって上奏文(じょうそうぶん)が延々と紡がれてゆく。

(……珠華も呪文を唱えていたな)

白焔は場の空気が澄んでいくのを肌で感じながら、瞼を下ろし、何とはなく物思いに耽る。

珠華の呪文はまるで歌っているようで、彼女の軽やかな声がすうっと身に染み入ってきたのを思い出す。

天上の神仙に語りかけ、国の平穏を願う。

星の大祭で使われる上奏文とはそういうものなのだと、学んだことがあった。

一通りの祈禱が終わったのか、次は巫女による舞が始まった。

笛や弦楽器の演奏は宮廷楽士たちが受け持つ。

酒と食べ物、音楽と舞。これらはすべて、女神となった星姫と、天上の神仙たちへの供物だ。

祈りの言葉とともに捧げると神仙たちは喜び、人の願いを聞くという。

けれども、今の白焰は神秘がもっと身近であることを知っている。

(七宝将は本当にいた。しかも、千年もの時を生き永らえて)

あれは、人でない。おそらく神仙に近い存在だ。あんなものが人の世をふらふらしているのだから、このような仰々しい儀式が必要なのか疑問に思えてくる。

祭儀は無事に進行し、まじない師のように〝気〟を読めるわけではない白焰でも、空気の清浄さを感じられるようになってきた。

舞台の上では、七人の巫女たちが領巾をふわり、ふわりと宙に漂わせ、舞い踊っている。

灯された炎の揺らめきと相まって、幻のように儚く、存在感がないように見える。

(これが、神気が満ちるということなんだろうか)

だとすれば、いよいよ、あの廟の裏の――門の向こう。そこで待っている珠華たちの出番となるはずだ。

巫女たちが足を止め、礼をして舞が終わる。

祭儀自体も終わりに近づいたと思われる、刹那。

――光が、はじけた。

＊　＊　＊

暑さを門の軒下でやり過ごし、サンやロウを構って遊びながら待つこと数刻。

珠華たちは祭儀の時を迎えていた。

「さすがに待ちくたびれたわ……」

「暑かった」

げんなり肩を落とした珠華に倣い、銀玉も虚ろな目でぼやく。

太陽の動きとともに移動する日陰を転々としていたが、石畳が日光を反射してかなり酷な時間だった。

人目がないので、顔と髪を隠していた布帛はとっくに脱ぎ捨てている。

しかし、沈む間際の西日もこれまた暑い。

「それもこれも、全部、白焔様のせいよ……」

「珠華、準備」

「ええ。そろそろ時間ね。たぶん白焔様が到着して儀式が始まるのはもう少しかかると思うけれど」

銀玉の言葉にうなずき、珠華は懐から持参した護符を取り出した。

これはこの後、銀玉と珠華で力を合わせて行う、聖域構築のまじないの精度を高めるためのもの。

いわゆる『除不浄符』という呪符で、文字通り『不浄』、つまり穢れや邪を『除く』効果がある。

銀玉ほどの人並み外れた――実際に銀玉は人ではないわけだが――神気と、まじないの力があれば必要ないが、珠華は常人なので、補助があったほうが安心できる。

「私の力、本当に必要かしら」

わざわざ護符を使って参加するくらいなら、銀玉だけでなんとかなるのでは。

そう思ってついぽろりとこぼれた言葉は、「必要」と銀玉に即座に否定された。

「『天墓』は人の墓、此処は女神の墓。二つの結界は、人と、人ならざるもの……二つの力で、安定する。前は水晶のと一緒、だった。あれは人だった、から」

東から昇る満月を見上げ、銀玉は少しだけ懐かしそうに目を閉じる。

千年前に思いを馳せているのだろうか。

銀玉が千年もの間、どうやって過ごしてきたかは、珠華には想像もつかない。

けれど、銀玉の表情から、彼女が千年前の記憶を愛しく思っているのは伝わってくる。

「銀玉は、また劉天淵や星姫や、他の七宝将の仲間に会いたい？」

気づけば、何気なく訊ねていた。

劉天淵は死んだ。星姫も死に、七宝将も人だった者は生きていないだろう。自分が銀玉だったら、きっと慕っていた仲間たちに会えないまま千年も生きるのはつらい。

もし珠華が、師を亡くし、幼馴染や顔見知りも全員見送り、白焔も……失って。そのあと悠久の時を生き続けることになったら、たぶん耐えられない。

銀玉はしばし黙り込んでから、じ、と珠華の真紅の眼を見つめる。

「星姫は死に際に、言った。『皆、必ずまた巡り会える』と」

満月色の瞳は、ずっと遠くまで、世界の果てまで見渡していそうな深みを感じさせた。

「まったく同じ人は、生まれない。でも〝気〟は巡り、同じ魂はまた、生まれる」

「……よく似た別人に会うほうが、苦しいんじゃない？」

同じ魂でも、思い出も共有しておらず、見た目も違ったら、別人にしか思えないのではないか。

魂の色や、姿形はそれぞれ皆、異なるものだ。魂も肉体もまったく同じ人間など過去現在未来のどこにも、二度と現れない。

似ているのに別人なのだと思い知らされるほうが、つらく思える。

珠華は寂しさを想像してうつむくけれど、銀玉は首を横に振った。

「前の記憶をそのまま持つ、人もいる。記憶がなくても、同じ色、同じ輝きを持っている、人も。巡り会えるなら、妾は、うれしい」

そう……だろうか。魂が同じだったら、姿形が違ってもそのまま受け入れられるのだろうか。同じ人ではないのに。

銀玉は珠華から目を離さない。

満月を眺めていたのと、同じ輝きの瞳でずっと見つめている。

「珠華は、気にしなくていい。生きたいように、生きれば、いい」

はっと顔を上げる。

自分もまた、誰かが世界の〝気〟の流れに溶けて、流れゆき、また一つの魂となった存在なのだ。

まったく同じ色をした魂の人が過去にいたかもしれないし、いなかったかもしれない。

けれど、そんな途方もないことを気にするのは、馬鹿げている。

自分は自分。目の前の、今この時を足掻いて生きるしかない。

「そうね。私は私の仕事をこなさなきゃ」

死んで生まれ変わったら、忌まわしいこの外見から解放されるのではないかと、何度も考えた。

しかし、たぶんそれは珠華ではない。

老人でもないのに白い髪、血のように赤い鬼眼。

数えきれないほど迫害され、傷つき、泣いて、そうやって捻くれながらも成長してきたのが珠華だ。他の誰にもなれないし、苦しんだ過去がなければ今の珠華はない。

銀玉が言いたいのは、そういうことだろう。

珠華は気持ちをあらため、力を込めて握りこぶしを作り、手に持った護符を貼りつけていく。

「うん――だから妾は、あなたに会えた、だけで……十分」

微かな吐息交じりの呟きを聞いていたのは、ただ式神たちだけだった。

サンとロウは顔を見合わせ、主には黙っておこうとうなずきあうのだった。

完全に日が落ち、辺りはすっかり暗くなった。

厳かな空気の中、門の反対側で祭儀が始まった気配がする。

珠華たちの灯りは灯籠だけで薄暗いが、門と塀を挟んだ向こう側では炎の赤々とした光が夜空を下から照らしているのが、こちらからもうかがえる。

やがて、静かな楽器の演奏と神官たちによる上奏文の暗誦（あんしょう）が始まった。

「……いよいよね」

準備は整えた。本来、聖域を作るのにも祭壇を作り、捧げ物を用意したほうがいいけれど、今回はそのすべてが廟の前にすでに祠部の者たちによって用意されている。

護符を貼りつけたり、あらかじめ聖域を作る範囲を決めるために、呪文を唱えながら地面に線を引くという作業などはあったが、重労働にならずに済んだ。

星姫の墓所全体に、神気がみるみる満ちてゆく。

まじない師である珠華の視界には、空気に光が滲みだし、どんどん溢れていくように見えた。

空――いや、天が、近い。

清浄で、神聖で、澄みきった〝気〟。心地よくも、どこか背筋が寒くなる。

人が持つ欲や、大なり小なりの邪な心の、すべてが見通され、暴かれていくような心許なさが胸を占める。

「珠華」

差し出されたのは、白い手。銀玉の温かなそれを握ると、確固たる己が輪郭を持ち、戻ってくる。

(落ち着いて。大丈夫よ。神気は邪心さえも全部、受け入れてくれる)

深呼吸を一回。畏れは必要ない。

「珠華、一緒に唱えて」

銀玉に促され、珠華は唇を震わせた。

「――慈悲深き、天地の神々にお願い申し上げる。刀兵、疫病、飢饉を退けよ。火、水、風の厄を退けよ」

唱える珠華たちの姿を、式神の二匹がじっと見つめている。

呪文の一言一言を口にするたび、光の欠片が蝶のごとく舞い上がる。結界を張る範囲を指定するために引いた地面の線から、青白い光の壁が立ち上がり、だんだん高くなっていく。

心臓がひどく脈打ち、緊張しているのに、不思議と汗が滲まない。清らかな微風に煽られ、髪が空を流れた。

「……あらゆる厄難尽く除かれ、災い消えなば、命生き永らえ、安寧は保たれる」

銀玉の透きとおった声に一拍遅れるようにして、珠華の呪文も辺りに響く。それは、門の向こうで奏でられる楽器の音と合わさるようにして。

光の欠片はますます増え、石室を囲むように宙をくるくると巡り、ひらひらと舞い踊る。

「慈悲深き、天地の神々よ。八難を除き、災いを退けよ。――急急如律令！」

呪文を唱え終わる。直後、光の欠片たちが一気に収束し、一本の柱となって天に昇った。

瞼を開けていられない。まぶしすぎる光は、瞼を通してなお眼球を灼こうとせんばかりに、突き刺さってくる。

片手を額に当て、日光を遮るのと同じように庇を作る。

まるで激しく燃え上がった火柱のごとく天まで立ち昇った光の柱が、ついにはじけた。

夜空から、星の光が降り注ぐ。

光の柱がはじけ、飛び散った光は流星となって地上に落ち、珠華たちの頭に、肩に、手に、当たって溶け、消えてゆく。

「ご主人様ー」

足元のロウを見下ろすと、猫の目をきらきらと輝かせ空を仰いでいる。

「きれいだねー」

「……うん、本当に」

言葉を失うほど、美しい光景だ。これほどの神気、これほどの清らかな〝気〟がこれほどまでにたくさん降り注ぐなんて、もう二度とあるかどうか。

まさに人生にたった一度の、稀なる経験。

「珠華さま、歓声が……」

サンに言われて初めて気づく。門の向こうで、大きな歓声が上がっていた。

「仕方ない。こんなの、滅多にない、星の大祭。再現不能」

銀玉は普段通りに淡々と、けれど仄かに熱を滲ませて呟く。

そうか。あれだけ強く輝き、高く上がった光の柱だ。栄安市全体に見えていたに違いない。

星の大祭の儀式の夜に、星姫の墓所から真っ白な光が溢れ、降り注いだなら。

珠華は光の雨を眺めながら、ふいにおかしくなって、笑ってしまった。

＊　＊　＊

流星のごとく、雨粒のごとく、広く地上に注ぐ光の欠片たち。

その幻想的な景色を、梅花は啞然として凝視していた。

(もしかしなくても、珠華さんの仕業だよね……)

儀式が最高潮に至り、閉じようとしたちょうどその瞬間の出来事だった。

星姫の棺を納めた石室のある廟の裏手のほうから、眩いばかりの光が天を貫いたのだ。

強い光は、まじない師や神官、巫女以外の者の目にもはっきりと見えていた。

何事かと皆が慌てたが、いつしか全員が絶句したまま神秘に見入った。誰も悪いものだとは微塵も思わなかった。

天からの——女神となった星姫からの祝福であると、誰もが自然にそう考えた。

劉白焰の御世になって初めて白焰自身が親臨し、後宮にいるすべての妃が参席した上での異例の星の大祭。

おまけに、白焰が後宮制度廃止を宣言するという噂もまことしやかに囁かれ、星姫の怒りを買うのではないかと案ずる者もいた。

けれど、結果は。

現実に怒りとはほど遠い、美しい景色を見せつけられ、多くの者は認めざるを得なかった。

星姫の怒りなど、杞憂であったのだ。むしろ、祝福されていると。

「星姫娘々が、陛下を認められたのか……」

独り言ちた誰かの声が、どこからか耳に届く。

事情を知っている梅花でさえ、そう感じた。最初から最後まで全部そっくり、運命だったのではないかと。

白焰が星の大祭に自ら参加することを決め、時を同じくして幽鬼の噂が広まり、まじない師の珠華が呼ばれた。

これらすべてに、人智を超えた作為を感じてしまう。

「……どうして、こんな」

悲痛な女の囁きが隣の席から聞こえる。

隣とはいえ、距離はある。だが、よく見えずともその席の者の表情を梅花は明確に思い描くことができた。

「――陶瑛寿」

呼びかけると、紗の幕越しにびくり、と女の肩が跳ねたのがわかった。

笑えてくる。こうも派手に危機を覆されては、悲鳴の一つや二つ、上げたくなるのも無理はない。

関係のない梅花でも、滑稽で冷や冷やするくらいなのだ。

「残念だったな。せっかく、陛下の評判に傷をつけられるいい機会だったのに」

笑い含みに茶化す梅花を、隣の席の妃――東の貴族、陶家の娘である瑛寿が殺気立って睨んでくるのが、目に見えるようだ。

梅花も、指環が盗まれた件について詳しく調査を進めている赤家も、そして直にその報告を受けている白焔も。

十中八九、金に困った男に指環を盗ませたのは、陶家だと睨んでいる。もしかしたら、雷家が指示して陶家にやらせたのではないかとも。

赤家の治める南は白焔を支持しているが、雷家の治める東は違う。

彼らが隙あらば白焔を追い落とし、より相応しい者を玉座に、と考えているのは、はっきりと表明していなくとも、周知の事実。

（しかし、さすがというか……）

まだ決定的な証拠はない。たぶん、この先も出てこないだろう。

東領の者が指環を盗ませたとして、それに東領の貴族がかかわっていると断じるのは暴論がすぎる。こじつけにしかならない。

その分、見事に状況をひっくり返された陶家の者の反応が傑作で、少しは溜飲が下がるというもの。

「ま、まあ。陛下の名声に傷をつけようなどと……そ、そのような大それたことをお考えなの？」

陶瑛寿は気弱な娘という印象だったが、意外とよく返してくる。

残念ながら、とぼけられてしまうと今回は追い詰める材料がない。鎌をかけてみてもいいが、今はまだこちらも力を溜めておくべきだろう。

「陛下には敵がいらっしゃるのでね。陛下を引きずり下ろしたいと願う不届きな輩は今頃、歯軋りして悔しがっているのではないかと思っただけだよ」

梅花が肩をすくめ、皮肉を込めて流すと、瑛寿は安堵したように「そうかもしれません」と相槌を打った。

両者の間に沈黙が落ちる。

梅花は闇の中を舞い落ちる光の粒をぼんやりと眺め、逡巡する。

（……謎はまだ多い）

そもそも、指環を盗まれたことが幽鬼の件に繋がっていた、というのは限られた人間しか知らない。

陶家は指環を墓所から盗むことが、幽鬼の誘出に繋がると知っていたのか？　知っていて、幽鬼の噂で星の大祭を台無しにしようと企んだ？

仮にそうだとして、やることが小さすぎやしないか？　それに、なぜ指環と幽鬼の因果関係を知っていた？　当の赤家ですら、知らなかったのに。

（陶家は指環を何家に売った。何家は北領の貴族……）

北領の貴族は『四王家』の一つ、羽家をはじめ、〝気〟やまじないに長じている。一族の中で神官や巫女になる者も多く、祠部は北出身者が多い。裏で密かに、呪殺等を専門とする、非人道的なまじない師集団を抱えているとの噂もあるほどだ。

もしかしたら、まじないに精通している北領の貴族の誰かが指環のことを知っていて、東に教えたという可能性もなくはない。

「いくらなんでも、飛躍しすぎか」

そこまでいくと妄想の域だ。が、北領――『朔領』も要注意かもしれない。

ぼうっとしているうちに、白焔が舞台に上がる。暗がりと冠から垂れた旒に隠れ、その素顔はよく見えないが……。

（たぶん、喜んでいるだろうね）

何しろ、珠華たちのおかげで、滞りなく儀式を成功させられたばかりか、神の御業ともいえる演出で大成功になった。

白焔は得意げなしたり顔になっているはずだ。

未だ、歓声がやまない。皆、女神に認められた白焔を口々に讃えている。皇帝は女神の許しを得た。その祝福を得た。その治世は女神の加護があるに違いない。

そう熱気と興奮が渦巻き、星姫の墓所を包んでいる。この光景を目の当たりにしてしまえば、仕方ない。誰もが、女神の御業を信じざるをえなくなる。神官たちは立ち上がって手を打ち鳴らす。神官や巫女たちは深々と廟へ礼をし、兵たちは武具を取り落とす。

このような場面を、梅花は生まれてから一度も見たことがない。類似の例なんてない。これほどはっきりと、奇跡を見せつけられるなんて。

「皆、よく聞け！」

高らかに壇上で白焰が声を張る。

歓声で沸いていた会場は一気に静まり返り、全員が前例のない偉業を成し遂げた若き皇帝を注視した。

「今宵、余はこの星姫娘々の祝福のもと、宣言する」

誰もが固唾を吞んで皇帝の一言一句に耳を澄ます。

白焰が何を言うつもりなのか、この場の多くの者はすでに承知のはずだ。それでも、今は皇帝が次に何をどう言うか、聞き逃すまいと神経を研ぎ澄ましている。

「他ならぬ星姫娘々が築いた後宮――これを年内に廃し、今後、皇后ただ一人を迎えることとする！」

しん、と音の消えた舞台に、朗々とした宣言の響きのみが残る。

あまりにも反応がないため、一瞬、ひやりとした梅花だったが、すぐに杞憂だったと思い知った。

噴き上がったのは、喝采だ。

白焔の宣言を、承認し、後押しする、皆の声だった。

今夜のすべては、きっと歴史に残るだろう。後世に語り継がれ、これが劉白焔の輝かしい治世を象徴する奇跡となるのは、疑う余地がない未来。

梅花は確信し、その場に立ち会えたことに感謝した。

六　まじない師は、祈りを捧げる

夕刻。珠華は女官服から普段着に着替え、杏黍宮を出た。

いつも通り、肩の上には薄紅の羽毛に覆われた小鳥が止まり、足元には白と黒の斑模様のすらりとした猫が、てくてくと歩いている。

橙色の空が、ゆっくりと紫に変わり、濃紺へと染まる。

空には数えきれないほどの大小さまざまな星が瞬き、少し欠けた月が遠くの山から顔を出す。

祭儀の前と後では、街の様子が違っていた。

明るく、活気づいた人々で溢れているのは変わらない。けれど、心なしか街を歩く人が増えている気がした。

おそらく幽鬼の噂が消えたせいもあるだろうが、それより――。

「すごかったよなぁ！　あの星姫娘々の祝福は！」

栄安市民であろう、男の声が聞こえてくる。

「もともと陛下の絵姿を見て格好いいなとは思っていたけどぉ、さらに好感度上がっちゃった〜！」

若い女性の声は、近くの露店から。

「『星降る夜の娘々饅頭』、新商品だよ！」

よくわからないが、進化している栄安市名物の菓子。

「女神に認められた皇帝なんて、太祖以来なんじゃゃ？」

「平和な天下が約束されたようなものだよな！」

「あんな貴重な光景を見られたなんて、一生の思い出になるよ」

「皇帝陛下は名君になること間違いなしだ」

栄安市民も、商人たちも、旅人も。皆が口を揃えて笑顔で白焰を讃える。幽鬼の件など当の昔に流行遅れの話題となり、今は星の大祭で起きた奇跡の話ばかりだ。

けれど、当事者である珠華は気が気でない。

(今さら言えない。あの光の柱や粒が、星姫娘々の祝福でもなんでもなく、ただ私と銀玉の使った術の結果でしかないなんて)

人々はすっかり信じきっている。あれが星姫の御業だと。

確かに、派手に光が天に昇り飛び散ったし、あの光は神気の光なので、神の力と見紛うような不思議な清らかさも感じただろう。

だが、違うのだ。人の手による偶然の産物でしかない。

（だ、騙しているみたいで本当に居たたまれない……）

何かの拍子に、あの神秘的な光景が珠華たちの手によって作り出されたもので、女神の祝福などではなく、民衆を騙していたのだと暴かれたら……。

想像しただけで怖ろしすぎて、身震いしてしまう。

珠華はやたらと周囲の視線を気にしながら歩くしかなかった。

杏黍宮の裏手から外へ出て、ぐるりと宮殿の外周を半周して表へ。杏黍宮の前で平伏しながら白焰を讃えている人々が少なくない数いる。

見たところ、星姫娘々信仰の巡礼者だろうか。なんとなくその仕草が大仰で、怖くなってくる。

まさかこんなことになるなんて、依頼を引き受けたときには思いもしなかった。ただ普通に、幽鬼を退治するか、勘違いだったらその原因を正して終わりの、場所が珍しいだけでよくある部類の依頼だと思っていたのに。

今やすっかり、白焰の評判向上の片棒を担がされてしまった。

「珠華」

少し先のほうで、珠華の姿を認めた途端、大きく手を振るのはその皇帝である。

外套で頭の天辺から全身、全部、黒い外套に包まれて誰だかわからない。ただ、その姿も声も、記憶に色濃く染みついてもう離れそうになかった。

「……白焔様。お待たせしました」

近くの石段に腰かけていた白焔が小走りに駆け寄ってくる。

「いや、まったく待ってなどいないぞ」

彼の笑顔も弾んだ声も、夜なのにまぶしすぎる。全身から喜びが溢れ出ている。

祭儀の夜から、白焔に会うのはこれが初めてだ。最初の予定では祭儀のあと白焔の日程はそう詰まっていなかったらしい。

が、あれだけのことをしでかしてしまい、面会者が増えて大変だったという。

そう教えてくれたのは、こちらもいたく感動したらしい梅花である。

「……いいですね。素直に喜べて」

恨めしく睨んでしまうくらいは許してほしい。こちとら、あの夜から落ち着かなくて仕方ないのだ。

だが、歓喜の〝気〟に満ち満ちた今の白焔には、珠華の恨み言などどこ吹く風と言わんばかりである。

「何をそんなに怯える必要がある。そなたのおかげで俺の株は鰻のぼりだぞ」

「あれは女神の祝福でもなんでもないですが！　いいんですか!?」

いいわけがない。少なくとも珠華にとっては。

白焔はというと、笑みを浮かべたまま「うむ」とうなずいている。

「あの奇跡が女神によるものかどうかなど、どうでもよい話だ。どうせ大多数の者には真偽などわからぬし、彼らにとっては目に見えたものが真実となる」

「でも……」

「皇帝と妃が集まった稀な星の大祭の夜に、神の御業としか思えぬ現象が起きた。その事実をどう捉えるかを、別に俺は強制していないしな」

それはそうだろう。ただ、もしインチキであるとなれば、ここ数日の高評価が一転、非難に変わることだって考えられる。

とはいえ、白焔の言う通り、インチキであると広まっても大多数はまじないの仕組みすらわからない。よって、あの現象が人の手で作り出されたと聞いてもたぶん奇跡とどう違うのかなど、わからないとは思うが。

(そうはいっても、騙しているのには違いないし……)

最近はこんなことばかりだ。巫女に扮して善良な栄安市民を騙し、まじないの副産物で宮廷の者たちすら騙して。

それに、一番怖いのは——。

(あの人には、見抜かれるかもしれない)

祠部の神官。巫女として紛れ込んだ珠華たちを目ざとく見咎めた、あの若い神官だ。神官は、まじない師と本質は変わらない。〝気〟を見て操り、術を使う。さらに、あの青年は珠華たちが石室のほうへ向かったのを知っている。

　つまり、あの夜の真相にたどり着くおそれがある。

（ま、まあ……私はどう転んでも雇われまじない師に変わりないし……白焔様のことも梅花様のことも信頼しているし……）

　蜥蜴（とかげ）の尻尾切りをされてしまえば珠華の首は確実に飛ぶが、白焔たちはまさかそんなふうにはしないだろう。

　むしろ珠華たちを庇ってくれる、はず。

　いざとなったら、国に認められし優れた術者だけが手に入れられる『仙師』の称号を持つ師の燕雲にも助力を請うが、どこまで通用するか。

　ど、ど、ど、と心臓が痛いほど鳴っている。

　嫌な汗が背筋にじっとりと滲み、考えれば考えるほど、とんでもないことをしてしまったと後悔が止まらない。

　はらはらと落ち着かない珠華の手を、白焔がふいに摑んだ。

「は、白焔様？」

「案ずるな。何があっても、そなたのことは俺がいくらでも庇ってやる。だから」

　いったん言葉を切った白焔に、摑まれた手を引っ張られ、引き寄せられる。

「今晩くらいは俺に付き合って、祭りを楽しんでくれ。……楽しみにしていたんだ、これでも」

煌めく翠の瞳が、真っ直ぐに珠華を射貫いてくる。

さっきとは違う意味で、心臓がうるさい。自分の両頬が言い訳できないほど赤くなっているのを感じ、珠華は慌てた。

「い、言われなくても、わ、私だって楽しみにしていました……！」

不敵に笑んだ白焔は「そうか」と言うと、いきなり珠華の手を摑んだまま踵を返し、露店の並ぶ大通りへと駆け出す。

「いくぞ、早くしないと時間がもったいない」

「ちょ、白焔様。速いです！」

手を引かれ、やっとのことで白焔を追う珠華は、不平を口にしながらも心を躍らせて灯籠の赤い光で溢れた路を駆けたのだった。

――星屑飴、娘々饅頭、星餅、星祝蜜餡。

頰が落ちそうになるほど甘くとろける星を模した飴に、女神の絵姿の焼き印を押したじゅわりと肉汁染み出すやわらかな饅頭。

もちもちとした食感と爽やかな柑橘の風味がよく効いた星形の餅、そして小麦粉の生地で包んで蒸す蜂蜜をたっぷり練り込んだ餡の菓子。

思い出しただけでうっとりしてしまう、美食の数々。

前に文成の覚書きを盗み見たおかげで、祭りの名物を食べ逃さずに済んだ。

「はあ、もうお腹いっぱいで何も食べられない……」

珠華は人混みから離れた石段に腰かけ、重たい腹をさすりながら大きく息を吐く。

星の大祭名物の食べ物たちは驚異的な美味しさで、胃袋の限界を超えても食べる手が止まらなかった。

「栄安市、おそるべし」

同じく、満足そうにそう感嘆の声を上げて座り込んだのは白焔だ。

「このような美味いものをたくさん生み出すとは、さすが人の集まる地だ。武陽も負けていられんな」

武陽は武陽で、また違った美味しい食べ物がたくさんある。

だが、祭りの期間限定といわれると欲を余計に掻き立てられ、あれもこれもと買ってしまう。栄安市の商売人は非常に商売上手であった。

「白焔様、以前は金慶宮の外では食べないって言っていませんでしたか」

珠華の指摘に、白焔はしまった、という顔をする。

「旅先でくらい構わない、はずだ。たぶん、おそらく。……見逃してくれ」

見逃すも何も、珠華には別に言いつける相手もいないので、適当にうなずいておいた。

「ご主人様ー。おれ、歩けない……」

ロウは白黒の毛に覆われた腹をさらし、大の字になって石畳に転がっている。

「こら！　なんて格好なの、ロウ」

「ううん、サンうるさい……」

「此処で寝たらいけないわ、珠華さまにご迷惑がかかるじゃない！」

サンが怒りながら嘴でロウの頭をつつくと、ロウは寝転がったまま鬱陶しそうに前脚を振り回す。

式神たちにもいろいろと食べ物を買い与えすぎたのは、失敗だったかもしれない。けれど、猫と小鳥を連れているのを見るや否や、露店の店主たちが、

「そっちの猫ちゃんにも」

「小鳥ちゃんでも食べられるよ」

と勧めてくるので、ついつい流されてしまった。今後、また祭りに行く機会があれば気をつけねばなるまい。

さんざん楽しんで、夜はすっかり更けていた。

明日の午前には再び皇帝と妃を乗せた馬車を交え、行列がこの栄安市を出発する。

もちろん、珠華も梅花の女官として武陽に戻る。

帰りの日程にまた十日ほど。移動だけで往復二十日におよび、栄安市に滞在していた日数も合わせれば、ひと月にもなる旅。それももう折り返しはとっくに過ぎた。

帰り道は一日中馬車に乗っているだけの、代わり映えしない旅路なので、珠華の気分はすっかり寂寥感を嚙みしめる段階に入っている。

「なんだか、寂しいです。これで此処の暮らしも終わりだと思うと」

ぽつりとこぼすと、白焰はおもむろに夜空を見上げる。

「そうだな。俺も、武陽を離れたのは久しぶりだったから、名残惜しい」

皇帝の自由は少ない。その立場の難しさ、貴さゆえに、武陽の金慶宮を離れるのは容易ではない。今回が異例だっただけで。

白焰は若くして皇帝をしているから、息苦しさも一入だろう。

珠華自身も、次にいつ武陽の外に出る機会があるかわからない。庶民は生まれた土地で、生きる分だけを稼ぎながら細々と暮らしていかねばならないから。

「白焰様。私、最後に行っておきたい場所があります。付き合っていただけますか」

一息ついた珠華は、言いながら立ち上がる。

祭りは十分に堪能した。あとは、最後に残っている仕事の後始末のみだ。

「構わないが、どこだ？」

不思議そうに首を傾げる白焰に、微笑みながら返した。

「星姫の墓所と、『天墓』です」

星姫の墓所は、石室の周りはもう行けないが、廟は今まで通り一般に開放されている。

まだ廟をしっかり見学していないので、参拝もかねて行っておきたい。

珠華の頼みを、白焰は快く受け入れた。

夜も遅くなり、だんだんと人が少なくなってきた栄安市内の路を、言葉少なに歩く。

巫女に扮装して歩いたときよりもずいぶん気が楽だ。大通りから星姫の墓所へはそう近くもないが、夜風に当たりながら腹ごなしをするにはちょうどいい。

「そういえば、そなたの目的は星姫の墓所を見学することだったな」

ふと白焰が言うので、珠華は小さく笑った。

「違いますよ。それだけじゃありません。星の大祭も見てみたかったですし。……結局、祭儀の内容は見られなかったわけですけど」

石室付近で延々と詰めていたので、音しか聞こえず、肝心の儀式を見学できなかった。非常に無念でならない。

しかし、此処へ来て貴重な経験をできたのは確かだ。

石室の中など、普通にしていては見られなかっただろうし、何よりもあの伝説の七宝将と会って話し、しばらく一緒に過ごしたのだから。

　儀式はまたいつか見られるかもしれない。だが、今年の星の大祭には唯一無二の絶対的な価値がある。それを享受できたのだから、これ以上の結果はない。

　星姫の墓所の、廟へと繋がる門の周りはやはり、人が多かった。

　皆が白焔の起こした女神の奇跡を信じ、あやかりに来ているのは明らかだ。

「この時間だというのに、すごい人出だな」

　参拝者でごった返しているとまではいかないが、人を避けて歩かなければならないくらいには混んでいる。

　白焔のぼやきに、珠華もうなずく。

「出直すのは無理ですし、このまま行きましょう」

　開放されている門を潜り、真っ白な石畳の敷かれた広場を進む。

（いつ見ても、立派な廟……）

　後宮にあった廟と比べても、相当大きい。

　此処が星姫を祀る廟の中では国内最大だというから当たり前だが、千年前、夭折した星姫がどれだけ民に愛されていたかがうかがえる。

　普段から丁寧に手入れや掃除をされ、折々に修繕も行われているのだろう。

　傷は少々あるものの、千年もの間、在り続けてきたとは思えないほど柱も屋根も美しい朱色をしている。

珠華と白焔は廟の前で並んで祈りを捧げる。

(星姫娘々。白焔様は無事に星の大祭を開催でき、微力ながら私もお役に立てました。娘々の加護のおかげです。ありがとうございます)

指環の件から始まり、珠華をこの地に呼び寄せたのは、女神の意志だったのだろうか。はっきりとはわからないが、きっとただの偶然ではないはずだ。

閉じていた目を開け、廟の全体を見上げる。

(娘々。これからも、どうか私たちを見守っていてください)

最後の祈りを捧げてから、珠華は廟の前を離れる。白焔も祈り終わってそのあとに続いた。

「神など信仰の対象として人が作ったものにすぎないのではないかと思っていたが」

「？」

「人ならざる七宝将が実在するのだから、女神もまた実在するのやもしれんな」

廟を振り返りながら白焔が言う。

珠華は特に返事をしなかったが、同じ気持ちだった。元来、まじない師は〝気〟を研究して使いこなし、いつか仙になることを目指す職業だ。

とはいえ、仙になるなんて途方もなさすぎるし、実際になれる存在だなんて思ったこともなかった。

けれど、銀玉は本物だった。本物の、神仙の類。

だったら今もなお、人が気づかないだけですぐ近くに神仙たちは存在するのかもしれない。まじないを極め、仙になる人もいるのかも。

「……白焰様。私、考えていたことがあります」

廟を離れ、今度は『天墓』への路を進みながら、珠華は何気なく口にする。

「なんだ？」

「宮廷に出仕する道を、どうにか模索してみようかと」

深呼吸してから告げた珠華に対し、白焰は目を瞠る。

「は？　出仕？　誰が？」

「私です。いけませんか」

あまりにも予想外だと言わんばかりに白焰がぽかんと間抜け顔をさらすので、むっとして唇を曲げた。

この数日、ずっと考えていた。

やはり、こんな非正規の雇われまじない師としてではなく、正規の方法で白焰に仕える方法はないものかと。

今のままでも悪くはない。ただ、白焰のほうから珠華を頼ってきたときだけ力を貸すのがあまりにもどかしく思えた。

　堂々と仕えられず、陰で支えることしかできないのが歯がゆかった。

　一方的に結ばれるだけの縁は、本物の縁ではない。ならば、今度は珠華のほうからも結びにいくしかない。

「具体的な方法はこれから考えます。科挙ならともかく、祠部に入ろうとすると伝手など必要らしいですから、老師に相談してみないと」

　陵国では、官吏になるには科挙を受ける。科挙は貴族でも庶民でも誰でも受けることができる試験だが、祠部は少し違う。

　祠部になるのに必要なのは、〝気〟を操り術に長けた、確固たる術師としての腕前。そして、その腕前を保証し、祠部に繋ぎをとってくれる後見人だ。

　つまり、すでに祠部とかかわりのある人物の伝手を辿り、認めてもらえなければ神官や巫女にはなれないのである。

　元巫女であった燕雲ならばなんとかなるかもしれないが、もう数十年前の話ゆえ、確認が必要である。それに、反対されないとも限らない。

「珠華」

「はい？」

「どうして、急にそのようなことを？」

白焔の戸惑いが伝わってくる。しかし、今さらだ。

「以前、言ったでしょう。力不足でなくなったら、白焔様にまじない師としてお仕えすると」

「では、力不足ではなくなったと？」

なんだ、その言い草は。まるで珠華が己を過信した思い上がりのようではないか。

しかも、何度も言わせないでほしい。あなたに仕えたいんです、なんてこっぱずかしいことを宣言するこちらの身にもなってもらえないものか。

半ば苛立ち交じりで、珠華は白焔を睨む。

「そういうわけじゃありません。でも、そのときになって急に仕えたいと言って仕えられるものでもありませんし。いちいち、こそこそと裏で働くのも面倒なので」

「そう、だな」

これは、珠華なりの線引きでもあるのだ。

宮廷に出仕する身分になれば、皇帝と庶民の娘ではなく、主と臣下というはっきりした主従関係が築かれる。

今のように非公式で共に交流し、軽々しく言葉を交わす関係ではなくなるということだ。

珠華は己の心づもりを悟らせないよう、努めて明るい口調にする。

「だから、白焔様。黙って応援だけしていてください」

祠部に入ると言っても、伝手として白焔を頼るつもりは毛頭ない。よって、意識的に釘をさしておく。

白焔もそれがわかったのだろう。あきらめたように、眉を八の字にして笑った。

「ああ。応援だけ、しよう。いつか、立派な祠部の巫女になって側で仕えてくれ。俺のまじない師、珠華」

「ありがとうございます」

足を止め、恭しく一礼したところで、二人と式神たちは『天墓』に着いた。

星姫の墓所とは違い、他に人は誰もいない。ただ、そこの住人と先客がいた。

〈お、待っていたよ〉

手を振るテンエンの姿は、さきほど待ち合わせしたときの白焔とそっくりすぎて正直、不気味である。

「テンエン様……それに、銀玉も？」

先客は銀玉だった。いつもふらりと姿を現したり消したりするので気にしていなかったが、そういえば杏黍宮を出るとき、見かけなかった。

彼女は出会ったときと同じ神秘を全身に纏い、こちらを静かな双眸で見遣る。

「珠華なら、来ると思っていた」

——別れを告げに。

後に続く言葉は、訊き返すまでもない。

だが、ややしんみりとした空気を吹き飛ばす、テンエンの声が響く。

〈聞いて驚け。余は自由に動けるようになった！〉

「え、自由に……」

少し考えてから、珠華と白焔は同時に思い至った。

そうだ。テンエンはこの『天墓』の周囲から離れられなかったはず。自由に動けるようになったということは、『天墓』から離れられるのだろうか。

二人の疑問に、銀玉が答える。

「結界、張り直したら、縛られていたテンエンの魂、自由になった。結界を張り直したとき、テンエンが自分の死体の外に、出ていたせい」

なるほど、結界で肉体と魂が完全に切り離されたというわけだ。であれば、あとはテンエンの心残りを思い出させ、魂を〝気〟の流れの中へ還すだけだが——。

〈そうらしい。というわけで、余はお前にとり憑かせてもらう〉

びし、とテンエンが勢いよく指をさしたのは、白焔だった。

「は？」

目を点にして唖然とする白焔に、テンエンは自信たっぷりの顔になる。二人の造作は大変よく似ているため、その表情も瓜二つである。

〈やはり、余の名は劉天淵だと思う。しっくりくるからな。聞けば、劉天淵は皇帝だったというし、ならば、現役皇帝のお前にくっついていれば、既視感で何か思い出すかもしれない。だから、このまま連れていってほしい〉

「そんな無茶苦茶な」

思わずつっこんでしまう。

無茶苦茶な理論の展開までテンエンと白焔が似たり寄ったりなのは、いったいどういうわけか。

自信満々の顔で無茶な主張をされると、もうどっちがどっちかわからなくなりそうなほど二人は似ている。

「俺は構わんぞ」

おまけに白焔が実にあっさりと承諾するので、珠華は頭を抱えた。

なんだか、前にもあったような光景の再来である。前はなんだったか、高価な指環を白焔が躊躇いなく子軌に与えてしまったときだ。

「正気ですか!?　幽鬼にとり憑かれるって、大変ですよ？　いわば自分の〝気〟を分け与えて養っていかなきゃいけないんですから！」

幽鬼は人にとり憑くと、その魂の形を維持するために憑いた人間の〝気〟を吸う。

すると、憑かれた人間の肉体にも精神にも負担がかかる。

いわゆる、霊障、というやつだ。

国中で最も大切にされるべき皇帝が霊障を受けることを許可するなど、そんな馬鹿な話があっては堪らない。

「だが、幽鬼と生活する機会などなかなかないしな」

「なくていいんですよ！」

絶叫する珠華の腕を、ぽんと叩くのは銀玉だ。

「白焔と天淵なら、大丈夫かもしれない」

「なんで」

「二人の魂はよく似ている。……言ったはず、長い時の流れの中で、似た魂が生まれることは、あると」

似た魂。確かに白焔とテンエン——天淵は似ている。魂だけでなく、外見も。

人が、そのままそっくり同じ魂と肉体で生まれ変わることはない。まして、天淵は〝気〟の流れの中に還ってすらいないので、生まれ変わる道理がない。

わけがわからない、と困惑する珠華を、銀玉の満月色の瞳が見上げた。

「たぶん、白焔は先祖返り。二人の魂は、別物だけど、肉体が先祖返りで似ていて、生まれと育ちも似ているから、魂の色も似た……と思う。肉体と魂は、相互に影響、し合うから」

「それで、どうして大丈夫なの？」

「肉体と魂が、似ている二人なら、一緒にいても、消費する〝気〟はごくわずか。ほとんど、負担にはならない。せいぜい、白焔の食事量と睡眠時間が、少し増えるくらい」

皇帝が大飯食らいになったり、寝ている時間が長くなるのはどうかと思うが、それくらいなら問題ない……のだろうか。

本人がいいというなら許容していい範囲、かもしれない。

悶々と悩んでいる珠華をよそに、白焔は天淵とがっちり握手を交わす仕草をしている。

もちろん〝気〟を操れない白焔は天淵と触れ合えないので、あくまでふりだが。

「というか、天淵様！　何か思い出さないんですか、銀玉を見て」

珠華ははっとして、天淵に呼びかける。

うっかり失念していたが、銀玉たち七宝将が仕えていたのは、他ならぬ初代皇帝――劉天淵その人だったのだ。

伝説通りの絆で結ばれた主従が顔を合わせたのだから、何か思い出してもおかしくない。

天淵は〈ふむ〉と言って銀玉を頭から爪先までじっくりと眺める。

〈何も思い出さないな〉

昔の仲間を見ても思い出さないなら、もう何をしても思い出さないのでは。

早々に諦観しそうになる珠華に、銀玉が首を振る。

「皆、一つ勘違いを、している」

「勘違い？」

今の話のどこに勘違いなどあっただろう。さっぱり心当たりがなく、首を捻る珠華に、銀玉は容赦なく衝撃の事実を突きつけた。

「そう。――七宝将は、天淵には、仕えていない」

ぴしゃーん！　と雷に打たれたような激震が、珠華と白焰、そして話の流れを黙って聞いていた式神たちの間を駆け抜ける。

「え、な、なにが、どう……え？」

「嘘だろう？　七宝将が初代皇帝に仕えて戦ったという伝説は、陵中の民が知っている常識だぞ。それが、勘違い……？」

珠華は呆然と絶句し、白焰も言われたことを呑み込めずに愕然とする。

「サン。どの歴史書にも――」

「ええ。間違いなく、七宝将は巫女とともに皇帝に仕えて、戦ったと書いてあるわ」

式神たちは、小さな身体をぷるぷると震わせながら顔を見合わせた。

動じていないのは、衝撃の内容を告げた本人である銀玉と、今一つ状況を理解できていない記憶喪失の天淵のみである。

「妾たちは、巫女と一緒に皇帝に仕えて、戦った。それは、間違ってない」

「じゃ、じゃあどこが……」

満月を閉じ込めた瞳が煌めく。

銀玉はすぐには答えず、珠華たちがさきほど歩いてきた方角——星姫の墓所の方角を向き、目を閉じて祈る。

しばらく経ってから瞼を上げ、振り向いた。

「七宝将が仕えていたのは、厳密には、星姫ただ一人。星姫が、皇帝に仕えていたから、妾たちも皇帝に協力していた、にすぎない。真に、皇帝に仕えていたのは、星姫と四臣」

そこまで聞くと、珠華はなんとなく得心した。

心当たりがないわけではない。劉天淵と星姫、そして七宝将の伝説は多くの場合、陵建国までで一区切りになる。

その後、なぜか七宝将はほとんど登場しなくなるのだ。

悪鬼たちとの戦いが終わり、劉天淵は皇帝となり、陵を作る。星姫は後宮を築いて死に、四臣は『四王家』の祖として、皇帝の第一の臣下となって国を治める手助けをする。

そこに七宝将の出番はほぼない。ただ、星姫が死んだときにひどく嘆いた、という記述がかろうじてある程度。

つまり、本当の主人であった星姫が死んで、七宝将は役目を終えたというわけだ。

珠華たちが思っていたような絆が、七宝将と天淵の間にはないのかもしれない。

「そっか……」

「珠華。手を」

得心した珠華を、銀玉が呼ぶ。

掌に転がされたのは、あの水晶の指環だった。あのとき『天墓』の石室に戻したはずだが、結界を張る前に銀玉が取り出していたらしい。

「これ」

「珠華が、持っていて。妾はこっちを、返してもらう、から」

そう言った銀玉の手には、銀の指環が光っていた。

七宝将の指環が、千年ぶりに持ち主の七宝将の手に戻ったのだ。

そう思うと、誰もが知る伝説の続きが、時を超えて自分たちの前で繰り広げられているようで、胸が高鳴る。

「銀玉。この指環、前に一度だけ神気が戻ってまた消えちゃったのだけど、何か知らない？」

この際だ、気になることは訊いておこうと珠華が訊ねる。銀玉は何か言いかけて一度口を噤み、考え直したように再度口を開く。

「神気が戻ったあと、白焔が、触った？」

珠華は、春の記憶を頭の中で手繰り寄せる。

そう、あのとき。神気は白焔の掌の上に指環を載せてから急に消えてしまった。なぜわかったのだろう。銀玉の言は、まるで実際に見ていたようだ。

「どうして知っているの？」

驚いて訊き返した珠華に、銀玉は「簡単」と答える。

「白焔も、天淵も——劉一族は呪われて、いるから。神気が厭うほどの、強い呪詛」

「呪詛って……」

もしや白焔が女性に触れなくなった、あの？　と思ったが、すぐにそうではないと思い直す。

あれは白焔にだけ、桃醂がかけた呪詛だ。天淵は昔すぎて関係ないし、劉一族なんて壮大な話にはならない。

では、呪詛とはいったい何か。

銀玉はちらりと、白焔と天淵を一瞥した。

「劉一族を、許していない。それだけ、恨みと悲しみは深い、ということ」

あらためて質問を重ねる猶予はなかった。

銀玉の輪郭が、ぼんやりと発光し解けていくように見えた。

「銀玉……！」

「珠華。もうお別れの、時間。楽しかった、久々に」

夢でも、見ているのだろうか。

美しい白銀の髪も、真っ白な肌も――満月の瞳も。するり、するりと、織った布がほつれていくように輪郭を失い、大気に溶けて流れていく。

青白い薄光だった。

それがすべて解け去ったとき、小さな白い影が天を駆けてゆくのを、珠華の赤眼はしっかり捉えていた。

「兎……」

一羽の白兎が、宙を駆け、光の筋を残しながら天へと昇っていく。

白い兎と銀が象徴するものといえば、月だ。月の女神の眷属が兎であるとは、まじない師にとっては常識である。

「銀玉、月の精霊だったんだ」

道理で長生きなはずだ。精霊に寿命など、ないに等しい。

「銀玉は帰ったのか？」

兎の姿になった銀玉がよく見えなかったらしい白焔の戸惑い顔に、珠華は小さく笑った。

「はい。……そろそろ、私たちも帰りましょうか」

珠華と白焔は、『天墓』に祈りを捧げ、その場をあとにする。

杏黍宮に戻れば、神秘から遠のいた日常がまた始まる。伝説などとは無縁の、少し苦くて……それでも、珠華たちの生きるべき、進むべき日常が。

「今夜は楽しかったです、白焔様。付き合ってくださってありがとうございます」

「こちらこそ、そなたを誘ってよかった」

赤と翠の視線が交錯する。ややあって、互いに笑みが漏れた。

この瞬間が、未来のどこにどう繋がってゆくかは知らない。ただ、目の前の道を一歩一歩進んでいくだけだ。

珠華は欠けた月を見上げ、帰路についた。

結　幽鬼、人に憑くこと

まじない師としての、日常が戻ってきた。

珠華は師の店で店番をしながら、なぜか幽鬼と肩を並べている。

「珠華さぁ、無事に帰ってきたのはいいけど、その死霊はどこで拾ってきたの？」

「…………」

そして、眼前には鬱陶しい幼馴染がいて、余計なことを訊いてくる。

なぜこんなことに。もう遠い目をして誤魔化す以外に、道を思いつかない。

〈余は散歩の時間ゆえ、少し遊びに来ただけだよ〉

茶目っ気を振りまきながら言うのは、幽鬼こと、劉天淵だ。

数日前、珠華たちは無事に武陽に帰り着いた。

すでに祭儀の夜の、白焔の起こした女神の奇跡はあちらこちらで話題となっており、行列は無数の野次馬たちに迎えられたのだが——それはいいとして。

依頼の報酬を受け取り、白焔や梅花、文成との別れを惜しみつつ、珠華と式神たちが店に戻ると、師はいつも通りの淡泊さで「おかえり」と出迎えてくれた。

子軌もすぐにやってきて、無事を喜んでくれたのはいいが、それから前にもまして毎日毎日、珠華の様子を見に来るので鬱陶しいことこの上ない。

その上、白焔にとり憑き、金慶宮にやってきたはずの天淵も頻繁にふらふら顔を出すものだから、狭い店内に圧迫感が半端ではない。

「子軌も天淵様も、帰って自分のすべきことをしなさいよ……」

辟易として言うけれど、この二人にはまるで通用しない。

「えー。珠華のことが心配で見に来ているのに？」

「心配っていえば何でも許されると思ったら、大間違いよ」

〈余は記憶を取り戻す手がかりをな――〉

「こんなところに手がかりなんてありませんから。まず金慶宮を隅々まで見て回ったらどうです？」

ちなみに、〝気〟を自在に操れずとも勘のいい者には、昼でも幽鬼の姿がはっきり見える。子軌も珠華との付き合いが長く、〝気〟の流れに触れる機会が多いからか、勘が鋭い。

よってどうやら、子軌にも天淵が見えているようではあるが、とにかく最近は二人が揃ってああでもないこうでもないと話しかけてくるので、うるさくて仕方ない。

〈珠華〉

「なんですか！」

苛立ち交じりに返事をすると、天淵が子軌の横にふわりと並んだ。

〈記憶を取り戻す方法を、一緒に考えてほしい〉

幽鬼を祓うのはまじない師の仕事なので、幽鬼が〝気〟の流れに還れるように心残りを探す手伝いをするのも、まじない師の仕事と言えなくはないが。

「千年前の心残りなんて、探せないわ」

天淵の生きていた時代が古すぎて、それこそ、伝説くらいしか手がかりがないのである。

天淵に仕えていたという四臣は七宝将とは違い、全員が普通の人間だったのでもうこの世にはいない。

天淵と恋仲説のある星姫は女神になってしまったし、手の打ちようがない。

できそうにもない、無理な依頼は受けない。まじない師が生き残るために必須の、基本中の基本である。

「千年前の皇帝の幽鬼とか、なんか格好いい」

〈そうだろう、そうだろう〉

「もう勝手にして……」

呑気な会話をする子軌と天淵には何も言うことが見つからない。この二人、本当に他愛のない世間話をするためだけに此処に来ている気がする。

珠華には珠華のやらねばならないことも、目指すものもあるというのに。

投げやりになって、店の勘定台に突っ伏す。

瞼を下ろし、ふと脳裏に浮かんだのはおぼろげな、七つの人影。

(七宝将の指環、そういえばもう二つに出会ったのよね)

天淵の記憶探しに付き合えば、残りの五つにも巡り会えたりして。と、夢物語のような非現実的なことを考えてから、珠華は自嘲して突っ伏した顔を起こす。

銀玉の言っていた、劉一族にかけられた呪詛。

天淵の記憶と、指環のこと。

口ではなんと言っても、見てみぬふりはできそうにない。

それに、目標もできた。そのために、しなければならない勉強やら根回しやらは山盛りだ。

山のようにありすぎて、それらをすべて処理できる未来が想像できない。

(それでも、やらなくちゃ)

珠華自身のため、定めた主君のため。

服の袖をまくり上げ、珠華は真っ直ぐ前を見据えたのだった。

本書は、書き下ろしです。

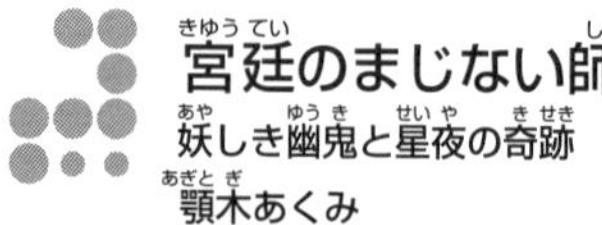

宮廷のまじない師
妖しき幽鬼と星夜の奇跡
顎木あくみ

2021年11月5日初版発行
2023年12月25日第3刷

発行者……………千葉 均
発行所……………株式会社ポプラ社
〒102-8519 東京都千代田区麹町4-2-6

フォーマットデザイン 荻窪裕司(design clopper)
組版・校閲 株式会社鷗来堂
印刷・製本 中央精版印刷株式会社

落丁・乱丁本はお取り替えいたします。
ホームページ(www.poplar.co.jp)のお問い合わせ一覧よりご連絡ください。

ポプラ文庫ピュアフル

ホームページ www.poplar.co.jp

N.D.C.913/251p/15cm
ISBN978-4-591-17117-2
P8111317

呪いを解くために、偽りの妃として後宮へ——。

顎木あくみ
『宮廷のまじない師　白妃、後宮の闇夜に舞う』

装画：白谷ゆう

白髪に赤い瞳の容姿から鬼子と呼ばれ親に捨てられた過去を持つ李珠華は、街でまじない師見習いとして働いている。ある日、今をときめく皇帝・劉白焔が店にやってきた。珠華の腕を見込んだ白焔は、後宮で起こっている怪異事件の解決と自身にかけられた呪いを解くこと、そのために後宮に入ってほしいと彼女に依頼する。珠華は偽の妃として後宮入りを果たすが、他の妃たちの嫉妬と嫌悪の視線が珠華に突き刺さり……。『わたしの幸せな結婚』著者がおくる、切なくも愛おしい宮廷ロマン譚。

寵愛されるより、ひきこもりたい！

田井ノエル『執筆中につき後宮ではお静かに　愛書妃の朱国宮廷抄』

装画：友風子

小説家を目指す娘・青楓（ただし才能は皆無）は、自分の部屋を持てて引きこもれる、という理由で後宮入りし、日々執筆にいそしんでいた。ある夜、原稿応募のために出歩いていると、謎の襲撃者たちに遭遇する。間一髪のところを助けてくれたのは、この国を統べる皇帝だった！　創作活動でムダに蓄えた知識を買われた青楓は、執筆の平穏を条件に、後宮で起きた不審死事件の真相を掴むべく、囮になることを命じられるが――。愛憎渦巻く後宮にて、変わり者妃が謎を解き明かす！

二人の龍神様にはさまれて……!?
あやかし契約結婚物語

佐々木禎子

『あやかし温泉郷
龍神様のお嫁さん…のはずですが!?』

装画：スオウ

札幌の私立高校に通う宍戸琴音は、ある日学校の帰りに怪しいタクシーで「とこよ」のボロい温泉宿につれていかれる。そこには優しく儚げな龍神ハクと、強面で高圧的な龍神クズがいた。病弱な親友ハクの嫁になって助けるように、とクズに命じられた琴音は、とりあえず宿の仕事を手伝うことに。ところがこの二人、仲が良すぎて、琴音はすっかり壁の花…？　イレギュラー契約結婚ストーリー！